Coordinador de la colección: Daniel Goldin
Diseño: Joaquín Sierra, sobre una maqueta original
de Juan Arroyo
Diseño de portada: Joaquín Sierra
Dirección artística: Rebeca Cerda

A la orilla del viento...

Primera edición en inglés: 1981
Primera edición en español: 1994
Cuarta reimpresión: 2000

J
SPA
FIC

Segunda estre

Título original:
Second Star to the Right

© 1981, Deborah Hautzig
Publicado por William Morrow & Company, Nueva York
ISBN 0-688-00498-9

D.R. © 1994, Fondo de Cultura Económica
Av. Picacho Ajusco 227; México, 14200, D.F.

ISBN 968-16-4550-2

Impreso en México

DEBORAH
HAUTZIG

Para Margolee

ilustraciones de
Nora Souza

traducción de
Tedi López Mills

l l a   a l a *derecha*

FONDO DE CULTURA
ECONÓMICA

Capítulo 1

❖ Es DIFÍCIL saber dónde debo empezar a contarles esto. Me pregunto inclusive si existe algo como un principio; quizá sí lo hay, pero uno nunca puede fijarle un tiempo o un lugar. Simplemente uno se detiene un día y mira alrededor y se encuentra en medio del asunto. Supongo que para algunas personas está bien no tratar de entender cómo las cosas salieron de cierta manera. Pero sé que si al menos no lo intento, seguiré siendo como soy hasta que eso me mate. Hasta que yo me mate, quiero decir. Yo nunca acepto realmente que eso es lo que estoy haciendo. Lo digo, pero no lo creo.

Las cosas no pasan como en las películas, con razones bien delineadas. Si mis padres me hubieran abandonado o golpeado, o si hubiera tenido alguna limitación evidente, podría decir, "¿Ven? Ésta es la razón." Inclusive si no fuera toda la verdad, sonaría y parecería legítimo. Pero no puedo decir ninguna de esas cosas. En parte siento como si estuviera tratando de encontrar la melodía original de una fuga.

Veamos el otoño en que me cambié de escuela. Ya me encontraba en medio del asunto y ni siquiera lo sabía.

—¿Cavett es tu verdadero nombre? —pregunté. Estábamos sentadas en el autobús camino a casa de la escuela.

—Desafortunadamente —contestó—. Era el apellido de soltera de mi mamá.

—Seguro lo apreciarás cuando seas mayor. Como la ópera y el pescado.

Cavett rió.

—¿Qué?

—Sí, mi mamá siempre dice: "No sabes apreciar lo bueno. Te gustará cuando seas mayor" —hice una pausa—. Sólo que ya tengo catorce años y todavía odio la ópera. Y el pescado.

—Siempre piensan que te conocen mejor que tú misma —dijo Cavett suspirando—. ¿También te dijeron que te gustaría Barrow?

Era el segundo año de Cavett en la Escuela Barrow para niñas, y el primero para mí.

—No —dije con una mueca. En realidad había escogido ir ahí; podría haber ido a otros lugares, pero todos eran enormes y los alumnos tomaban algún tipo de droga, y estaba asustada. Por lo menos en Barrow me sentía segura.

—Aquí nos bajamos —dije, mientras nos aproximábamos a Central Park West. Allá vivo. —Señalé un edificio en la cuadra siguiente, y caminamos hacia él en silencio.

—Hola, Fred —saludé cuando entramos al vestíbulo. Fred, el portero, estaba tumbado en una silla, con un diario desparramado que se balanceaba precariamente en una de sus rodillas.

—¡Ah!, hola, Leslie —farfulló.

—Está completamente borracho —le susurré a Cavett—. Vente.

Subimos en el elevador hasta el noveno piso.

—¿Hay alguien en casa? —grité cuando entramos.

—¡Hola! —oí decir a Mamá—. Aquí estoy.

—Oye, Mamá, traje a una amiga —dije entrando a la cocina. Mamá se puso feliz—. Te presento a Cavett French. Es de mi grupo.

—Me da gusto conocerte —dijo mientras se limpiaba las manos con un trapo de cocina y sonreía. Le dio la mano a Cavett.

—A mí también me da gusto, señora Hiller.

—Cavett es normal, como nosotros —anuncié—. Salvo que vive en el East Side.

Cavett se rió.

Mamá me miró con severidad y le dijo a Cavett:

—Disculpa a mi hija. Es demasiado sincera —luego me besó en la mejilla—. ¿Quieren comer algo? —preguntó, y sin esperar respuesta empezó a buscar en el refrigerador—. Vayan a la recámara de Leslie. Yo se los llevo.

—Ven —dije, y Cavett me siguió por el pasillo a mi recámara—. Ése es mi gato. Oye, Harry —le llamé mientras me inclinaba para rascarle la espalda. Me miró con cariño y me mordisqueó la pierna—. Sólo muerde a la gente cuando se enamora locamente de ella —expliqué.

Cavett se agachó y lo rascó; luego se puso de pie y caminó hacia el centro de la recámara.

—¿Dónde conseguiste esto? —preguntó, en tanto manoseaba un cascarón

de huevo pintado que colgaba de la lámpara del techo.

—Yo lo hice. Tiene pintadas las cuatro estaciones, ¿ves? —dije, haciéndolo girar—. Para acompañar a Vivaldi.

—¡Está bellísimo!

Me encogí de hombros. Entonces entró Mamá con una bandeja de galletas y unas *Cocas*.

—Qué bello huevo —dijo mi madre con reverencia. La miré con furia—. Hoy fui a Altman —agregó rápidamente mientras colocaba la bandeja en mi escritorio.

—¿Ah, sí? —respondí—. ¡Es una funeraria! ¿Compraste algo?

—Un vestido —dijo Mamá con tristeza.

—¡Uy!, no tienes que ponerte tan contenta. ¿No te gusta?

Mamá se encogió de hombros.

—No mucho. A ti te chocaría.

—¿Por qué lo compraste?

—Estaba en oferta —me sonrió—. Pero te compré un suéter. Morado.

—Que no estaba en oferta, supongo —dije tranquilamente, y luego fingí una sonrisa—. Eres imposible.

Mamá se rió.

—¡Ser tacaño es divertido! Es como un juego.

Cavett ya iba en la tercera galleta.

—Bueno —Mamá se sentó en mi cama—. ¿Cavett es tu verdadero nombre?

Miré a Cavett y sonreí.

—Era el apellido de soltera de mi mamá —recitó Cavett.

—Métele otra moneda y te lo vuelve a decir.

—¡Ay!, qué bien —dijo Mamá sin hacerme caso—. ¿Tienes hermanos o hermanas?

—Tengo dos hermanas. Annie tiene trece años y Lauren nueve.

—¿También van a Barrow?

—Annie sí.

Siguieron platicando mientras las veía, y cuando finalmente logré salir de la recámara ni siquiera se dieron cuenta. Caminé hacia la cocina y miré el parque por la ventana mientras comía una galleta de chocolate. Me siento culpable y no sé por qué, pensé. Como si hubiera hecho alguna maldad. Desde que tengo memoria ha sido así. De repente me llenaba de culpa y nunca podía entender por qué. Me da gusto que a Cavett le caiga bien Mamá. A todas mis amigas les cae bien. Tengo suerte: casi nadie que conozca se lleva bien con su mamá. Me pregunto cuándo se darán cuenta de que ya no estoy en la recámara.

—¡Leslie! ¿Dónde estás? —gritó Mamá alegremente.

Miré mi reloj; habían pasado veinte minutos. Caminé lentamente por el pasillo y me detuve junto a la puerta de mi recámara.

—Cavett, ¿quieres ir al parque?

—Sí —respondió, y Mamá se levantó. Recogí la bandeja y Mamá me siguió a la cocina.

—Leslie es agradable —susurró.

—Sí —dije, contenta a pesar de mí misma—. ¿Verdad?

—Tienes amigas muy agradables.

—Tú también le caíste bien.

—¡Ah! —exclamó Mamá sacudiendo su muñeca con modestia.

—En serio. Sé lo que digo. A todas mis amigas les caes bien —Mamá estaba rebosante.

Cavett apareció y se quedó esperando junto a la puerta de la cocina.

—Vámonos —dije con desenfado.

—Cavett, ¿te quieres quedar a cenar? —le preguntó Mamá.

—No puedo. Tengo que cuidar a un niño a las seis. Pero gracias de todas maneras.

—Entonces será para otra ocasión.

—No llegaré tarde —grité mientras salíamos.

Caminamos un buen rato sin decir gran cosa, lo cual era agradable; no aguanto estar con gente que siente la obligación de hablar todo el tiempo. Finalmente llegamos al estanque de los veleros y nos sentamos en una banca.

—Tienes un hermano, ¿verdad? —dijo Cavett.

—Sí. Sammy tiene ocho años. Y es un latoso.

—*Mm.*

—¿Qué hacen tus papás? —pregunté.

—Mi papá es productor y mi mamá es actriz.

—¿De veras? ¿En qué ha salido?

—Papeles pequeños casi siempre, pero acaba de conseguir algo en una telenovela. ¿Y los tuyos?

—¿Cuando no está de gira en conciertos, mi papá da clases de piano en Juilliard. Mi mamá se dedica a bienes raíces. Mi hermano no sabe hacer nada, pero es feliz.

—Y tú pintas.

—Y escribo y toco el piano.

—¡Y no bailas! —exclamó fingiendo horror.

—Me negué. No debí de haberlo hecho. No estaría gorda.

Cavett me miró de arriba abajo.

—No estás gorda. Estás bien así.

Miré hacia el suelo avergonzada.

—Quiero bajar cinco kilos.

—No te hace falta.

—Sí me hace falta —dije tercamente y miré hacia otro lado.

—Oye, vi una carta en tu recámara dirigida a Leslie M. Hiller. ¿Qué significa la "M"?

—Bueno... —titubeé—. Margolee.

—¿Margolee? Es un nombre bonito. Nunca lo había oído antes.

—Así se llamaba una prima de mi mamá. La mataron en un campo de concentración.

Cavett se quedó boquiabierta y finalmente dijo:

—Dios, ¡qué horrible!

—Mataron a casi toda su familia. ¿Sabes por qué murió? —volteé a verla—. Cuando estaban mandando a la gente hacia la izquierda y hacia la derecha, mandaron a la madre de Margolee a la izquierda para que la mataran porque estaba vieja. Margolee se fue con ella. Si no quizá ahora estaría viva. —Hice una pausa—. Cavett, ¿qué habrías hecho tú?

—No sé —respondió Cavett lentamente—. Creo que me habría ido hacia la derecha... No sé.

De repente me dieron ganas de llorar.

—¡Mira!, el señor de los helados —exclamó Cavett, poniéndose de pie rápidamente con evidente alivio.

—¿Cómo le haces para comer tanto y mantenerte tan delgada? —me lamenté.

Se encogió de hombros.

—No sé. Mi mamá dice que los kilos me alcanzarán cuando sea mayor.

—Qué futuro. Seremos un par de gordas comelonas de pescado y fanáticas de la ópera.

Cavett se rió.

—Anda. Ven.

Compramos cada una un helado de almendras y luego caminamos hasta la Quinta Avenida. Cavett se inclinó para ver mi reloj.

—¡Dios mío! ¡Son diez para las seis! Tengo que irme.

—Bueno. Oye, gracias por venir —dije con timidez.

—¡Me divertí! ¿Vas a tomar el autobús de regreso? No camines por el parque.

—Sí, supongo que tomaré el autobús.

—Nos vemos mañana en el gimnasio.

—Ni me lo recuerdes —gemí.

Cavett movió la cabeza comprensivamente y me dio un golpe amistoso.

—Yo te sujeto los pies cuando te toque hacer abdominales, para que puedas doblar las rodillas. ¿Te parece? —me propuso en tanto cruzaba de espaldas la calle.

—¡Perfecto! —me despedí con un ademán y caminé a la parada del autobús.

No se veía un solo autobús, así que me senté a esperar en la barda del edificio de la esquina. Bueno, pensé, por lo menos tengo una amiga en la escuela. Y a Mamá le cae bien. Mamá. ¿Por qué tuvo que hacer lo del vestido y el suéter? Cuando me regala cosas me hiere. Pero seguramente no me hiere a propósito, así que ¿cómo puedo enojarme? No sé, cuando más la quiero siempre siento ganas de llorar. ¡A veces la extraño hasta cuando estoy en la misma habitación con ella! Como si no estuviera de veras con ella. Y otra cosa: a veces echo de menos mi casa, lo cual no sería extraño salvo porque normalmente estoy ahí cuando me sucede. Nunca he podido contarle esto a nadie: me avergüenza. Sonaría muy extraño. También quiero a Papá, pero de manera diferente. Él no me hace sentir triste. Quizá quiero demasiado a Mamá. No quiero que se muera jamás.

—Sammy, come tu pollo —dijo Mamá.

—Estoy lleno —lloriqueó Sammy.

—Pues claro que estás lleno. Te atiborras de papas fritas y luego no puedes comer tu cena —lo increpó Papá, al tiempo que estiraba el brazo para acercarse el brócoli.

—Come esas porquerías porque las tenemos en casa —dije mirando a Sammy con furia. Estaba flaco como un palillo—. Si no quieren que coma esas cosas, no las compren.

—Cállate, Leslie —dijo Sammy alegremente—. Miren, Leslie tampoco se comió su pollo.

—Me comí un helado —confesé.

—¡Aja! —gritó Sammy—. ¡Y luego dices que yo como porquerías!

—Para tu información el helado no es una porquería. ¿Te acuerdas de Hilda?

Mi Papá asintió con la cabeza. Hilda era mi nana alemana. Se ocupó de mí hasta que cumplí cuatro años porque en ese entonces Mamá trabajaba tiempo completo. No hablaba nada de inglés, sólo hablaba alemán, y yo era completamente bilingüe.

—No son hielos sino *helados*. No es bebida de naranja sino *jugo* de naranja— dije.

—Hilda te provocaba pesadillas —dijo Sammy.

—No sabes lo que dices. Ni siquiera habías nacido —repliqué con aspereza.

—Mami me contó. Te leía cuentos de horror en alemán y tenías pesadillas.

—¡Ay!, vete a ver la tele —murmuré.

—¿Puedo? ¿Puedo? —rogó.

—Anda, anda —dijo Papá, y Sammy salió corriendo del comedor.

—Bueno, Leslie, me enteré de que hoy trajiste una amiga a la casa.

"Es el colmo, Mamá, ¿por qué no le avisas a los periódicos?", pensé. Los miré a ambos e inmediatamente me sentí avergonzada. ¿Cómo puedo ser tan mala?

—Sí, Cavett French.

—¡Qué nombre!, ¿no? —comentó Mamá.

—Bueno, Papá, ¿y tienes alumnos interesantes este año? —dije, ignorando a Mamá. A Papá le brillaron los ojos.

—Me temo que nadie que pudiera interesarte —respondió.

—Tú no quieres un músico —intervino Mamá.

La miré fijamente.

—¡Qué horrible! —exclamé.

—Sólo estaba bromeando —dijo Mamá abruptamente.

—¡Espero que sí! —Papá rió y empezó a recoger los platos de la mesa.

—De todas maneras, ¿cómo sabes qué es lo que me interesa? —insistí.

—Dije que estaba bromeando —contestó mi mamá. No, por favor, no nos peleemos. No quiero pelear—. Leslie, tu suéter está en la sala si quieres verlo —gritó desde la cocina.

—¿Qué suéter? —preguntó Papá, siguiéndome.

Abrí la bolsa y saqué el suéter. Era hermoso: morado y con cuello en forma de V.

—¡Mamá! ¡Me encanta! —grité.

—¿De veras? —vino a la sala—. Pruébatelo.

Accedí.

—El color te queda de maravilla. Max, mira sus ojos.

—Oye, ojos azules, estás preciosa —dijo Papá—. ¿Encontraste algo para ti, Ruth?

—Un vestido. Creo que voy a tratar de devolverlo.

—Claro. No quiera Dios que te quedes con él —suspiró Papá—. Tu mamá es un caso perdido.

—¡Oh!, basta. Max, no te olvides de llamar a Wilfred. Te habló dos veces.

Papá se golpeó la frente y salió corriendo a la sala del piano. Cerró la puerta detrás de él.

—Nunca camina; siempre corre —dijo Mamá con afecto.

Se acomodó en el sillón, se puso los lentes y empezó a bordar. Agarré a Harry y me senté en la mecedora. Le hice cosquillas detrás de las orejas. Comenzó a ronronear ruidosamente, encajándome sus uñas en el estómago.

—Oye, gatito —le susurré—. ¿Qué estas bordando, Mamá?

—¿Qué crees?

—¿Cojines otra vez?

Mamá tenía una fijación por los cojines. Siempre estaba haciendo cosas: ganchillo, tejido, y todo eso; pero los cojines eran lo que podría llamarse su principal producto de exportación.

—Dios mío, ¿dónde los vas a poner? ¡Si pones más en el sillón ya no tendremos lugar para sentarnos! —me levanté de un salto para hacerle cosquillas, cargando a Harry con un brazo, y regresé a la mecedora—. Mamá, ¿me quieres?

—¡Qué pregunta! —protestó.

—¿Me quieres?

Hizo a un lado su bordado.

—Te quiero más que a nada en el mundo.

—¿Cuánto me quieres?

Así jugábamos cuando era niña.

—De aquí a la luna y de regreso —contestó.

—¡No es suficiente! —grité.

Me asaltó una angustia curiosa. Mamá, ¿siempre me querrás de aquí a la luna y de regreso? ¿Haga lo que haga? ¿Vaya a donde vaya? Si no me quedo aquí junto a ti para oírte decírmelo, nunca estaré segura.

—Te quiero, Mamá. Más que a nadie en todo el mundo. Más que a nadie —repetí.

Me miró con agradecimiento, pero sus ojos, como siempre, expresaban temor.

—A veces soy regañona.

—Cierto. Y a veces yo soy imposible. Pero seguimos siendo lo mejor de lo mejor.

Más tarde me fui a mi recámara y cerré la puerta. Me volví a probar el suéter examinándome en el espejo de cuerpo entero. No había mentido: el suéter era hermoso. Pero no cuando me lo pongo yo. Me veo gorda dentro de él, pero si no lo uso ella se sentirá lastimada. Y a ella no la puedo herir. Si sólo pudiera perder cinco kilos, pensé. ¿Por qué soy tan débil? No sería tan fea si fuera delgada. Con mi 1.70 de estatura, ojos azules, largo pelo castaño claro, caderas pequeñas… y 56 kilos. Si estuviera delgada, mi vida sería perfecta. Es mi único defecto. Me volteé de perfil. Bueno, pensé, supongo que no se verá mal con unos pantalones de mezclilla. Y el collar de coral rosa. Aceptable, en todo caso.

Algún día lograré ser esbelta.

—¿Verdad, Harry? —dije.

Abrió un ojo, me miró con desdén y volvió a dormirse. ❖

Capítulo 2

❖ AL PRINCIPIO realmente me esforcé por hacer amigas en Barrow, pero me di cuenta de que para sentir que de veras pertenecía debía dejar de ser yo misma. Y no es que estuviera fascinada con lo que era, sino que simplemente me incomodaba ser alguien más, pues me faltaba práctica y no me urgía adquirir esa habilidad. Cavett era en realidad la única amiga que tenía en la escuela. Había algo increíblemente cómodo en la compañía de Cavett; no se parecía en nada a las mejores amigas que había tenido en mi antigua escuela. No leía salvo lo que se le asignaba en una clase y no tenía la menor idea de lo que quería hacer una vez que terminara con la escuela. Lo que realmente me impresionaba es que esto no parecía importarle en lo más mínimo. "Ya se me ocurrirá algo", me dijo, cuando le pregunté. No es que fuera petulante, sino que, por más disparatado que suene, estaba sinceramente satisfecha.

Las otras muchachas de Barrow me desconcertaban. ¿Conocen esa "etapa difícil" por la que atraviesan las suertudas como yo? ¿La que, según todo el mundo, pasará sin necesidad de hacer el menor esfuerzo? ¿Como perder esa "pancita de bebé"? Bueno, pues aparentemente se la habían saltado sin el menor esfuerzo. Eran graciosas y delgadas; o al menos actuaban como si lo fueran y, por tanto, daban esa apariencia. A veces resultaba difícil establecer la diferencia.

Además de lo anterior, me di cuenta de que en Barrow un 7 era equivalente a 8 u 8.5 de mi antigua escuela. Un 7 en un trabajo de historia era suficiente para ponerme histérica. Nunca hablé acerca de eso con Mamá y Papá. No es que me presionaran con las calificaciones; por lo menos no abiertamente. Pero sabía lo que esperaban de mí —lo mejor, claro— y ningún sermón podría haber tenido el mismo efecto que el que tendría la decepción en sus rostros. Por lo tanto, me aseguré de que eso nunca sucediera.

Como ya dije, la razón principal por la que entré a Barrow fue para sentirme protegida. Sin embargo, lo irónico del asunto fue que creo que asustaba a las muchachas de mi clase. En realidad no era por algo que hiciera; creo que bastaba el hecho de que viviera en el West Side, salvaje y malvado; que tuviera un padre músico, y que usara calcetas color lavanda en vez de las azules reglamentarias. A Cavett nunca parecieron molestarle cosas como la de tener que usar uniforme. "Es mucho más fácil que decidir cómo vestirse en la mañana", dijo. Yo, en cambio, siempre usaba algo de un color equivocado. No es que resintiera la imposición de reglas, aunque eso pensara Cavett; fingía que era así, pero en realidad me gustaba que hubiera reglas que infringir. Era mucho más fácil no hacer lo que supuestamente debía hacer que averiguar lo que de veras quería. E incluso cuando sabía más o menos lo que quería, el hecho de contar con un contraste me daba la certidumbre que me hacía falta. Supongo que algunas personas no lo requieren, pero para mí es una gran ayuda.

Es difícil de explicar, pues daba la impresión de que yo era lo contrario de las muchachas de Barrow, que nunca oponían resistencia a nada.

Pero sabía que eso no era cierto. Como con Mamá: nos peleábamos por tonterías todo el tiempo, pero cuando se trataba de cosas importantes siempre acabábamos por estar de acuerdo. "Siempre haces lo correcto", me decía. Nunca tenía que avergonzarse de mí; supongo que por eso me quería. Era igual que ella. Aunque le contaba casi todo a Cavett, no podía tocar este tema con ella. No sé por qué; simplemente sabía que sonaría extraño.

Cuando le contaba a alguien en la escuela que mi mamá y su familia habían estado en campos de concentración —no me la pasaba anunciándoselo a todo el mundo, pero cuando salía el tema, no lo ocultaba—, se quedaba callado y me miraba como diciendo: "¿Para qué tuviste que contarme eso?" Una vez Marla, una criatura pequeña, rubia y con la nariz respingada, que parpadeaba constantemente porque insistía en usar lentes de contacto que no se le ajustaban bien, dijo: "Caray, Leslie, realmente no pareces judía". Lo peor de todo fue que me sentí halagada. Nunca le pude contar eso a Mamá. Solía contarle todo y, como sabía que lo haría, procuraba que mi conducta fuera intachable. Creo que nunca he hecho nada horrible, pero por alguna razón el solo hecho de pensar cosas feas me hacía sentirme tan culpable como si de veras hubiera herido a alguien. Habría sido una católica maravillosa.

No pretendo dar la impresión de que soy toda buena y dócil. Como ya dije, Mamá y yo nos peleábamos todo el tiempo. Por ejemplo, está el caso de mi recámara. No conocen el caos si no han visto mi cuarto. Por lo menos tres de mis cajones estaban siempre abiertos y la ropa se les salía por todas partes.

Había pilas de papeles y discos en la alfombra, y abrir mi armario era arriesgarse a sufrir una contusión. Cuando mi escritorio se convirtió en un cochinero, empecé a usarlo como paleta cada vez que pintaba; sólo una esquina, y a mí me pareció que se veía bastante bien, pero a Mamá casi le da un infarto cuando lo vio. Le rogué miles de veces que no tocara mis cosas porque nunca podía encontrar nada después de que a ella le daba por arreglar. Pero, en su caso, limpiar era como una enfermedad. Teníamos la sala menos habitada que he visto jamás. Sin embargo, la cocina estaba siempre de cabeza. Supongo que cuando se ha vivido la guerra, uno desea una cocina desordenada.

Sin embargo, con todo y todo Mamá no podía quejarse de mí. Siempre me contaba cómo sus amigas la envidiaban por tener una hija como yo. Mis defectos eran pálidos en contraste con las tribulaciones que debían enfrentar sus amigas, cuyas hijas "nunca les contaban nada". Por alguna razón eso parecía ser mucho peor que el hecho de que las hijas se drogaran, fueran expulsadas de la escuela, se embarazaran y Dios sabe qué más. Lo que molestaba a Mamá era que no compartieran lo que les pasaba. Y en eso ella no tenía de qué preocuparse.

—Cavett, ¿puedes apurarte, por favor? —dije con impaciencia. Era un viernes por la tarde, a finales de octubre. Hacía un calor inusual para esa época del año, e íbamos caminando por Madison hacia nuestro café preferido para tomar un capuchino. Era uno de esos lugares con baldosas blancas y plantas por todas partes, donde había como veinte diferentes tipos de café, delicados pastelillos franceses y un *quiche* distinto cada día. Íbamos allí por lo menos una vez por semana, generalmente los viernes, pues la escuela terminaba temprano ese día.

—Espérate, no encuentro mis llaves —dijo Cavett, mientras hurgaba en su mochila.

Miré nerviosamente a los dos hombres recargados con languidez en el buzón de la esquina.

—¿Para qué las necesitas en este momento? —susurré—. ¿No puedes buscarlas cuando lleguemos al café?

Levantó la cabeza para mirarme.

—Pero si las dejé en mi casillero voy a tener que regresar.

Me cubrí los ojos con la mano.

—Esos tipejos nos van a empezar a molestar. Estoy segura.

Y en efecto, escuché un silbido y luego tres besos sonoros.

—Oye, chula, vente a casa conmigo.

—Cavett, vámonos —dije en voz baja.

Miró hacia donde estaban, inexpresivamente.

—Ignóralos —dijo con tranquilidad, mientras hurgaba más a fondo en su mochila.

—Mira qué mujercitas tan lindas —escuché, y luego más besos y silbidos.

—Cavett, por favor —rogué casi con desesperación. ¿Por qué me había puesto un suéter tan pegado?

—¡Ya las encontré! —anunció Cavett, y blandió las llaves triunfalmente.

Los hombres empezaron a acercarse. Agarré a Cavett del brazo y la arrastré hasta la siguiente esquina.

—¿Por qué hiciste eso? —dije casi al borde de las lágrimas.

Me miró a la cara y rió.

—¿Por qué te alteras tanto?

—¿Que por qué me altero? ¿Por qué tú no te alteras?

—No sé. Porque no vale la pena, supongo —respondió.

La miré con curiosidad.

—¿Nunca te preocupas por nada?

—Claro que sí —dijo—. A veces. Aunque creo que no tanto como tú.

Quizá lo heredé, pensé. Mamá siempre se preocupa por algo. Y cuando no está preocupada, ¡se preocupa por no estar preocupada! Pensándolo bien, me mostré bastante valiente con esos tipos. Mamá se habría derretido ahí mismo.

Cavett y yo nos sentamos en nuestro lugar preferido en el balcón y ordenamos unos capuchinos y un mil hojas.

—Tu influencia es terrible —dije, refiriéndome al mil hojas.

Cavett hurgaba en su mochila otra vez. Luego de sacar un par de calcetines deportivos, un ejemplar de *Beowulf* y tres cajitas vacías de *Chiclets,* extrajo finalmente una pluma.

—Toma —me extendía la pluma—. Quería regalarte esto.

—¡Ay, un rapidógrafo! ¿Por qué me lo regalas?

—Me lo regalaron, y nunca lo uso. Sé que a ti te gustan, así que quédate con él. Annie me mataría si se enterara. Le encantan.

—Entonces, ¿por qué no se lo das a ella?

—Porque la odio —dijo con sencillez.

—¡Ah! ¡Pues, gracias! —y probé el rapidógrafo en una servilleta.

—Lo siento si está atorado.

La miré con exasperación.

—¿Por qué te disculpas? Caray. De todas maneras soy buenísima para arreglar cosas —le volví a poner la tapa y lo coloqué en la bolsa de mi chaqueta—. Nunca había tenido uno.

—¡Ah! —exclamó Cavett con una mirada de desilusión.

Nunca puedo hacer eso: dejar que la gente vea que estoy decepcionada o herida.

—No. No entiendes. Estas plumas las fabrican en Alemania, y mi mamá me metió en la cabeza que nunca comprara cosas hechas allá.

—¡Ah! Oye, mira, si se va a enojar o algo así…

—No le voy a decir —la interrumpí y de inmediato me sentí culpable. Miré a Cavett para ver cómo reaccionaba. Simplemente movió la cabeza con un gesto afirmativo y se asomó por la ventana. Me recargué hacia atrás con alivio.

—¿Sabes? No puedo creer que ya casi sea noviembre —comentó.

Nos trajeron nuestros capuchinos y el mil hojas con dos tenedores. Comimos en silencio mientras mirábamos a la gente ir y venir y escuchábamos el murmullo suave y refinado de las conversaciones de al lado. Matronas de la avenida Madison entraron tambaleándose, seguidas por sus perritos *cocker,* para comprar cuernos y galletas; mujeres a la última moda, de piel bronceada y lentes oscuros enormes y rosados que les sujetaban el pelo, preguntaron por el tipo de *quiche* que había ese día. El sol cubría todo con ese resplandor especial que sólo se ve en las tardes de octubre, y el aire es tan claro que los edificios brillan como cubiertos de plata en un festejo.

Cavett miraba a su alrededor con un aire soñador. Su boca estaba manchada de crema batida.

—Oye, Santa Claus —le dije al tiempo que le daba un golpecito—. ¿Quieres ir al Metropolitano?

Vio para afuera y luego me miró.

—Está demasiado bonito el día —respondió, aunque yo sabía que ésa no era la verdadera razón: se aburría en los museos, pero no quería admitirlo.

—¡Oye, ya sé! Podemos ir al zoológico en el autobús y buscar el carrusel.

Se animó ligeramente.

—¿El carrusel? Imagínate, no he ido ahí desde que era chiquita.

—Yo tampoco. Anda —tomé la cuenta antes de que Cavett pudiera empezar a buscar su cartera y dije—: Yo invito. Para agradecerte lo de la pluma. Y para salir de aquí antes de que caiga la tarde.

—Ja, ja, ja.

En el momento en que llegamos al zoológico me arrepentí de que hubiéramos ido, pero Cavett no pareció estar molesta, y sentí que sería una tontería regresarnos. Casi no había gente; uno que otro vagabundo de pelo enmarañado rondaba los basureros, y una fila de viejos y viejas, las caras hacia arriba, los ojos cerrados, aprovechaban los últimos rayos del sol vespertino. Me entró un deseo loco de correr hacia ellos, abrazarlos y decirles que aunque sus hijos no los llamaran y nunca vieran a sus nietos, yo, Leslie M. Hiller. sí me preocupaba por ellos.

—Cavett, mira. Ésos podrían ser nuestros abuelos.

Ella me miró con desconcierto.

—Cavett, Cavett. Ese señor. ¡Parece como si estuviera muerto!

Fijó la vista en la dirección que le indicaba hasta detenerse en un hombre frágil y demacrado como de ochenta años, con el mentón recargado en el pecho y las manos como garras congeladas en las piernas.

—Es cierto —susurró, y se quedó absolutamente inmóvil—. Dios mío, ¿qué hacemos si está muerto?

Nos aproximamos a él y lo miramos con atención. De repente su cabeza se irguió con un sobresalto y su periódico resbaló de sus piernas.

Me enderecé.

—Está vivo.

—Qué alivio —dijo Cavett con seriedad. Se pasó el dorso de la mano sobre su fleco y agitó la cabeza. Me cubrí la boca y empecé a reír.

—Vámonos, es horrible —dije, mientras pensaba que si no me estuviera riendo probablemente me soltaría a llorar como un bebé.

Seguimos los letreros que señalaban la dirección del carrusel. Pasamos al lado de las jaulas vacías de los leones y los elefantes, y caminamos por los senderos que atravesaban el parque.

—Mira, la pista de patinaje de Wollman —señalé—. Antes venía cada miércoles.

—¿Dónde está el carrusel? —preguntó Cavett. Hizo visera con la mano y escudriñó los alrededores como un marinero—. ¿Estás segura de que no nos equivocamos de camino?

Entonces lo vi y empecé a correr. Cuando llegué a la cima del monte, me detuve.

—Está cerrado —dijo Cavett casi sin aliento cuando me alcanzó. Claro: era octubre—. ¿Podemos descansar antes de irnos?

Nos sentamos en una banca unos cuantos minutos y miramos la pequeña estructura cercada. En una placa de latón decía: "A la memoria de Michael Friedman. Este carrusel, que reemplaza un monumento famoso, es un regalo de la Fundación Michael Friedman para los niños de la ciudad, 1951."

Cavett se frotó las manos.

—Me está dando frío. ¿Nos vamos?

—Sí —dije al ponerme de pie—. Oye, ¿podemos ir a tu casa a ver la televisión?

—Es la mejor idea que has tenido en todo el día —contestó. Nos levantamos y echamos a correr.

—¿Mamá? —grité al aventar mi chaqueta en la silla del pasillo. Harry se acercó y se recargó contra mi pierna, entonces oí una melodía de Chopin que salía del cuarto donde estaba el piano. Fui al cuarto de Sammy.

—Dios mío, niño, ¿qué haces? —dije sarcásticamente, mirando el libro que tenía sobre sus piernas.

—Hebreo —gimió con voz de sufrimiento agudo.

—Mamá siempre dice que te encanta el hebreo.

—Pues no. Lo odio —negó sin demasiada convicción.

—No tiene nada de malo que te guste, sabes. Aunque ella quiera que te guste.

Me sonrió; me senté en el piso y crucé las piernas.

—Me gusta cuando hablamos de historia y todo eso —admitió—. Pero no me gusta tener clases de hebreo los miércoles, que es el único día en que salimos temprano y todos mis amigos están en el parque —dijo con vehemencia.

—Sí, entiendo lo que quieres decir —dije—. Oye, ¿dónde está Mamá?

—Los Russell van a tener una fiesta hoy en la noche, así que les llevó una salsa.

—¿Y por qué no la llevó más tarde?

—Porque Papá y ella van a llegar tarde, y no quería que la gente se muriera de hambre, o algo así —explicó—. Ya sabes cómo es.

—*Mmmm* —gruñí—. Oye, Sammy, ¿soy bonita?

—Eres bella —dijo seriamente.

—¡Ay!, vamos.

—Sí, de veras.

—¿Crees que Cavett es bonita?

Se quedó pensativo un momento.

—Es buena gente —respondió finalmente.

Lo miré con admiración. A mí Cavett me resulta atractiva. No es exactamente lo que uno llamaría bonita. Tiene pelo rojizo y desaliñado que nunca cae en la misma dirección, como si se hubiera puesto tubos en zigzag en vez de en hilera. Su cara es bastante ordinaria salvo por sus ojos, que son perfectamente circulares, como dos *Lunetas* cafés, y siempre tienen una expresión de ligera perplejidad. Pero sabía a qué se refería Sammy.

—Eres un buen niño. ¿Ya te lo habían dicho?

—Sí, no soy malo —concluyó, y se encogió de hombros tímidamente.

—Bien.

Me levanté y golpeé mi pie contra el piso, pues se me había dormido. Papá seguía tocando, pero en nuestra casa la música era como el tráfico: al cabo de un rato uno simplemente dejaba de oírla. Sin embargo, en ese momento reconocí la melodía.

—¡Oye! —exclamé, y salí corriendo por el pasillo hacia el cuarto de música de Papá. Abrí la puerta con cuidado y entré sigilosamente. Papá era como un murciélago: tocaba en la oscuridad. El cuarto daba hacia el Sur, y el edificio contiguo bloqueaba la luz del sol; aun así, Papá mantenía las persianas cerradas. Me senté en el taburete de terciopelo. Dejó de tocar y me miró.

—¿Puedo escuchar? Estás tocando mi mazurca.

Se puso tan contento que me sentí mal; como si le sorprendiera que quisiera oírlo tocar.

—Nada me gustaría más —dijo con grandilocuencia. Y me tocó la pieza desde el principio.

Es una pieza bastante corta, pero uno se siente completamente transportado. La tocó como si estuviera montado en olas grandes y maravillosas, y me dieron ganas de brincotear como una cabra en un salón de baile vienés. Libre, así me hacía sentir. Libre y sin preocupaciones y bella. Ha de sonar tonto, pero no lo puedo evitar, es la verdad.

—Estuvo maravilloso —dije con placer cuando terminó, temerosa de mostrarle lo que sentía.

—¿Sigo siendo mejor que Horowitz? —bromeó.

—No, no Horowitz. Rubinstein —corregí—. Horowitz toca en blanco y negro. Rubinstein toca en color.

Se rió.

—¿En qué toco yo?

—También tocas en color, pero mejor.

Oí el crujido suave de la puerta y, al voltear, vi a Mamá asomada.

—¿Interrumpo? —preguntó.

—Le he estado dando un concierto a mi crítica más severa, y ella me aprueba —respondió Papá—. Y ahora, si me lo permiten, damas, tengo que ponerme a trabajar.

—Está bien —dije al levantarme.

—Pero te puedes quedar.

—No, está bien —dije un poco a regañadientes, mirando la figura de Mamá retirarse—. Voy a ayudar con la cena.

Me detuve en la sala y me acerqué a la vitrina en el muro opuesto. Pasé mis dedos sobre las chucherías coleccionadas a lo largo de los años: dos pájaros de vidrio de Suecia; un ángel de madera pintado de rosa y amarillo y sin un ala; una concha decorada por mí en el jardín de niños con lentejuelas y abalorios; una caja negra laqueada del Lejano Oriente, roja por dentro, que al abrirla olía a amoniaco; tres soldaditos de fierro; un camello de madera de olivo de Israel que Harry había mordisqueado, y una campana de Ceilán. Había oscurecido sin que me diera cuenta. Me froté los ojos en la penumbra y, sintiéndome de repente sola, me apresuré a ir a la cocina donde Mamá removía algo en una olla enorme.

—*Mmmm* —dije. Respiré profundamente y me senté a la mesa—. ¿Qué hay en la olla?

—Cocido de ternera. Tendrás que encargarte de tu cena y de la de Sammy. Papá y yo vamos a casa de los Russell, ¿está bien?

—Bueno. ¿Cuándo estará lista?

—Como en una hora más —contestó. Picoteó el contenido con un tenedor y retiró su mano rápidamente al sentir el contacto del vapor.

—Oye, Mamá, ¿qué le pasó a tu brazo? —pregunté al mirar el curita circular en la parte interior de su codo.

—Fui a hacerme un examen de sangre hoy —dijo, y espolvoreó orégano dentro de la olla.

—¿Por qué? ¿Qué pasa?

—Nada. Me he estado sintiendo un poco cansada últimamente. No es nada.

—¿Qué tipo de exámenes te están haciendo?

—Sólo para ver si todavía estoy anémica. De seguro estoy bien.

—Pues qué bueno —dije con exasperación—. ¿No estabas tomando pastillas o algo así?

—Pues sí, pero las dejé. Leslie, de postre hay helado en el congelador.

—¿Te dijo el doctor que ya no necesitabas las pastillas? —insistí.

—¡Ah!, todos están en confabulación con los farmaceutas —dijo, y manoteó con enojo.

—Madre —me quejé—, ¿haces esto para torturarme?

Se rió.

—Claro, ¿para qué si no? Cada noche antes de irme a dormir me digo a mí misma: "Vamos a ver, ¿qué puedo hacer para torturar a Leslie?" —Miró el reloj—. ¡Dios mío, todavía tengo que depilarme las piernas!

—Usa pantalones —le sugerí inútilmente, pues Mamá jamás usaba pantalones cuando salía—. Oye, ¿adivina adónde fui hoy? Al carrusel.

—¿En Central Park? —Bajó el fuego de la estufa y salió corriendo de la cocina—. ¡Max ! ¡Ya vístete! —gritó.

La seguí y permanecí junto a la puerta del baño.

—Perdóname. Fuiste al carrusel —repitió—. ¿Te divertiste?

—No mucho —dije distraídamente, casi deseando no haberle dicho nada.

—¿No?… Ah, Leslie, te habló Robin. Le dije que le llamarías. Ya nunca la ves —me miró esperanzada—. ¿Por qué no la invitas a comer mañana? Prepararé berenjenas

—Quizá —contesté. Estaba enojada y no sabía por qué. Ya sé, me dije con sensatez, ha de ser porque soy una adolescente normal de catorce años. Se supone que debo ser caprichosa y difícil, ¿verdad?

—No olvides hablarle o va a pensar que no te di el recado.

—Lo haré, lo haré —respondí. Me fui a mi recámara y cerré la puerta. Robin había sido mi mejor amiga en mi escuela anterior. A diferencia de Cavett, era una lectora voraz; ligeramente gorda e intrépida, lo cual me encantaba. Una vez, cuando teníamos doce años, fuimos al Russian Tea Room para tomar café; íbamos muy mal vestidas y, cuando nos sentamos, Robin extrajo de su mochila un sandwich de jamón y empezó a comérselo. Todavía no puedo creer que no nos hayan echado del lugar. Supongo que el gerente pensó que sería más fácil hacerse de la vista gorda que provocar un escándalo. Mamá le contó esta anécdota a tanta gente que empecé a preguntarme quién la había gozado más, si ella o yo. Supongo que no tendría por qué haberme importado pero, aunque me decía esto a mí misma, no me reconfortaba.

En fin, cuando me fui a Barrow, Robin se fue a Stuyvesant, e incluso en las pocas ocasiones en que hablé con ella desde septiembre, advertí que había cambiado. Tenía un grupo nuevo de amigas con las que parecía siempre estar saliendo a fiestas y cosas así, lo cual me resultaba completamente ajeno. En nuestra escuela nadie hacía fiestas, o si lo hacían participaban puras mujeres, e íbamos al teatro o al cine. No podía imaginar nada más deprimente que las descripciones que hacía Robin de las fiestas a las que iba. ¿Cómo era posible que alguien quisiera sentarse en la oscuridad a escuchar música ruidosa acompañada de un tipo sucio, sudoroso y prácticamente desconocido?

Sin embargo, decidí que de todas formas le hablaría. Ella me habló a mí, así que quizá no ha cambiado tanto y no he hablado con ella lo suficiente como para darme cuenta. ❖

Capítulo 3

❖ RESULTÓ que Robin me había llamado para invitarme a ir con ella y un grupo de amigas a un desfile de Halloween. Nunca había oído hablar de eso, pero al parecer cada Halloween hay un desfile en Greenwich Village. Una amiga de ella, una tal Mary Algo, lo había descubierto por accidente el año anterior. Mary estaba comiendo en un restaurant griego cuando empezó a ver pasar gente, unos tras otros y siempre en la misma dirección, vestidos con unos disfraces increíbles. Así que dejó su comida y salió corriendo para ver de qué se trataba. El desfile había empezado en el West Village e iba sumando gente a su paso, y todo el mundo estaba vestido con disfraces complicados hechos por profesionales: dragones, esqueletos y todo lo que a uno se le pueda ocurrir. Había inclusive un grupo de hombres vestidos como crayones gigantes. Había gente que tragaba espadas y fuego y que hacía trucos de magia y tocaba música misteriosa con instrumentos medievales.

—Es como una pintura de Brueghel, ¿sabes? —dijo Robin—. Y Mary dice que todo el mundo sale a los balcones a ver y hay calabazas en las ventanas y, oye esto, un muñeco en forma de diablo iluminado por un proyector encima del arco del Washington Square Park, ¡y a medianoche lo arrojan de ahí!

—¡Aaah! —realmente parecía algo maravilloso—. ¿Y a tu Mamá no le importa que estés fuera hasta tan tarde?

—Bueno, pues en realidad aún no le digo —dijo con una risita.

Le dije que no podía ir. Semanas antes le había prometido a Cavett que la acompañaría a un baile a la escuela Horace Mann, y francamente me dio gusto tener un pretexto legítimo. Estoy segura de que me habría sentido rara con un grupo de niñas que se conocían entre todas, y además Mamá habría estado hecha un manojo de nervios, y de ninguna manera le iba a mentir. En nuestra familia había prácticamente una ley que establecía que si alguien salía siempre debía dejar un número de teléfono donde se le pudiera localizar. Papá empezó con la costumbre porque viaja mucho. No creo que lo hiciera por desconfiado, pero cuando cualquiera de nosotros salía a algún lugar era siempre a sabiendas de que "uno nunca sabe, punto, punto, punto". Supongo que es cierto, pero no deja de ser una manera horrible de vivir.

En todo caso, probablemente podría haberle dicho a Cavett que no iba a poder ir, pero me habría sentido mal. Ninguna de las dos se moría de ganas de ir al baile, pero sus padres iban a ir a la fiesta que daba un amigo productor, y Annie iba a aprovechar la oportunidad para hacer su propia fiesta. Cavett no quería estar presente, lo cual me parecía comprensible. Cuando uno veía a Annie y a Cavett juntas era difícil creer que fueran de la misma familia. Annie era morena, exuberante, casi exótica, con pelo largo negro y una voz grave que deliberadamente sonaba como susurro de broma telefónica. Rara vez sonreía, iba a clases de esmalte una vez por semana y tenía un aire sombrío que aparentemente enloquecía a los hombres. Por lo menos eso me dijo Cavett, y lo creo.

—Me hace sentir como una niñita tonta —reflexionó Cavett—. Es un año menor que yo, y está saliendo con un muchacho de dieciocho años.

—Dios mío. ¿Qué hacen cuando están juntos?

—No sé —negó Cavett con la cabeza.

—Sonamos como un par de viejitas —Cavett me miró con tristeza y sonrió—. Ánimo. Iremos al baile y conoceremos a unos violinistas simpáticos o algo así. ¿Te parece?

Como la escuela Horace Mann está en Riverdale, se dispuso que un autobús escolar parara en varios puntos de Manhattan y recogiera a las muchachas de Barrow, Nightingale y Chapin. Cavett y yo íbamos vestidas de manera semejante, con pantalones de mezclilla, suéteres y chaquetas. Nos sentamos en

la parte trasera del autobús, alejadas de las otras alumnas de Barrow, que se agruparon todas al frente.

—Mira lo que tengo —dijo Cavett, y sacó un pequeño estuche azul de su bolsa. la tapa decía *Estée Lauder*. La abrió y aparecieron dos sombras de ojos de distintos tonos azules.

—¿Lo compraste? —pregunté.

—¿Cómo crees? Lo encontré en el baño de Annie. Ni cuenta se va a dar. Tiene miles. Ponte un poco.

—¿Yo? —me reí—. No sé cómo ponerme maquillaje.

—¿Qué tienes que saber?

Me encogí de hombros, luego levanté el estuche para verme los ojos en el espejito y me empecé a poner un poco de sombra en el párpado izquierdo.

—¿Cómo se ve?

—Ponte en el otro —sugirió, y la obedecí—. ¡Oye, te ves bien!

—¿Segura que no parece que alguien me golpeó? —dije complacida. Siempre he sido una enemiga fanática del maquillaje. Mi mamá tampoco usa maquillaje, salvo cuando sale: se pone lápiz labial rojo. Lápiz labial rojo y colonia *Ma Griffe.* No necesita más. Y es bella. Pero yo no soy una belleza europea, pensé mientras me veía una vez más en el espejito. Tengo cara de papa. Cara de papa con sombra azul.

Como era de esperarse, la primera parte del baile estuvo deprimente. El lugar era oscuro y enorme; estaba decorado con banderolas anaranjadas y negras, y en la parte trasera había una mesa larga con ollas de ponche, papas fritas y dulces. Cavett y yo nos encontrábamos a cada rato frente a la mesa, luego de que cada una por su lado se paseaba valerosamente por la pista de baile, con una expresión que quería ser de indiferencia pero que, a juzgar por la cara de Cavett, seguramente era de terror. El conjunto tocaba tan fuerte que era imposible saber si eran buenos o pésimos, lo cual supongo era el propósito. Marla y su grupo de amigas estaban ahí, y para las nueve y media ya todas bailaban.

—Míralas —le dije a Cavett en uno de nuestros encuentros de papas fritas—. No creo que esos tipos les hayan dirigido la palabra en toda la noche.

—¿Qué? ¡No te oigo! —gritó Cavett en medio del estruendo.

—¡Es exactamente lo que quiero decir! —grité a mi vez—. ¿Cómo le haces para hablar con alguien en este lugar? ¡Es peor que el Metro!

—Es mejor así —gritó Cavett justo en el momento en que el conjunto dejó de tocar para hacer una pausa—. Es mejor así —repitió en un tono normal—. Si son como los amigos de Annie.

—Bobos. Henos aquí, un par de creaturas centelleantes y fantásticas en las que nadie se fija. Es un crimen.

En ese momento un muchacho se aproximó a la mesa y se detuvo justo frente a mí. Era muy chaparro, con pelo corto negro y rizado, y una tez muy pálida. Vestía pantalones oscuros y camisa azul claro.

—Hola —dijo con una voz sorprendentemente grave, mientras alzaba la cabeza para verme.

—Hola —respondí con torpeza.

—Me llamo Avram Werner. ¿Y tú?

—Leslie Hiller —añadí. Y ahora qué, me pregunté, en tanto el conjunto empezaba con su ruido otra vez.

—¿Quieres bailar? —se inclinó por encima de la mesa para que lo pudiera oír.

—Claro —respondí. Le eché una mirada de incredulidad a Cavett y caminé hacia el otro lado de la mesa.

—No soy muy bueno para esto —se disculpó cuando comenzamos a bailar.

—Yo tampoco.

Miré el cuello de su camisa. Le faltaba el botón de arriba, y podía ver su camiseta. Eso me pareció enternecedor: me recordaba a Papá. Le sonreí.

—¿En qué año vas? —gritó.

—En tercero de secundaria.

—Yo también.

Seguimos bailando sin hablar, hasta que el conjunto cambió a una canción lenta. Me quedé parada frente a él sintiéndome como un hipopótamo.

—¿Quieres salir a dar un paseo por el patio? —dijo, mientras se jalaba el cuello de la camisa—. Hace mucho calor aquí.

Lo inspeccioné velozmente. Decidí que con él estaría más segura que con mi abuelito, e hice un gesto afirmativo.

—No me gustan mucho estas cosas —dijo Avram cuando salimos—. Soy excelente para el vals.

Levanté las cejas.

—¡Mira! —gritó de repente—: ¡ahí está Pegaso!

—¿Dónde?

—Ahí, ¿ves? —apuntó hacia las estrellas—. Y ahí está Andrómeda, ¿ves? Pegaso y Andrómeda se juntan en el Alferatz. ¿Te gusta la astronomía?

—Me gustan las estrellas —dije humildemente—. Pero no sé mucho de astronomía.

—Creo que me gustaría ser astrónomo. Aunque también me gusta la dirección teatral. Vamos a poner *Carrusel* este año en la escuela, y yo soy el director.

Siguió hablando de sí mismo, y escuché asombrada. No puedo creerlo, pensé. Mide un metro y me sacó a bailar. Ni siquiera le preocupa que pueda aburrirme o que me parezca extraño. No me lo parece, pero a la mayor parte de la gente sí le resultaría extraño. Simplemente no puedo creerlo.

—¿Tocas algún instrumento? —preguntó.

—El piano. Mi papá es pianista —respondí.

—Yo toco el violín —dijo, y solté una carcajada.

Inclinó la cabeza.

—¿Dije algo gracioso?

Le repetí lo que le había dicho a Cavett, y asintió con seriedad.

—Es difícil encontrar gente con quien hablar. Me caes bien.

Qué gusto, pensé, y luego me le quedé mirando. Sonrió con tanta dulzura que no pude evitar sonreírle también. Mamá no me va a creer, pensé. Este tipo es increíble.

—Entonces, ¿tú también vas a ser música? —preguntó.

—No. Detesto practicar. Supongo que eso significa que en realidad no quiero ser música. Pero pinto, y hago cosas.

—¿De veras? Me gustaría verlas.

Sentí que me sonrojaba.

—No soy muy buena.

—No deberías de menospreciarte —dijo con firmeza.

—¡Oh!, no lo hago —repliqué con rapidez—. Simplemente no puedo expresar lo que de veras siento con la pintura. Es como… No sé, con la música estoy re-creando, y la pintura no parece bastar.

Empecé a temblar. Me tocó el brazo con suavidad.

—Tienes frío. Hay que volver adentro.

Ya no volvimos a bailar, y en cierta forma lo lamenté pues siempre me ha gustado bailar. Luego de que estuvimos sentados como quince minutos, avisté a Cavett, miré mi reloj y dije:

—Creo que nuestro autobús va a salir pronto.

—¿Quieres que espere contigo? —dijo con formalidad.

—No, emm, mi amiga está allá. Me parece que es mejor que ahora vaya con ella antes de que se pierda y se le vaya el autobús. ¿Sabes?, es un poco distraída.

—Bueno —carraspeó—. Me dio gusto conocerte, Leslie.

—A mí también.

Se puso de pie. Yo me quedé sentada un minuto, contenta de tener la oportunidad de verlo desde abajo.

—¿Te puedo hablar? —dijo.

—Mmm, claro —murmuré.

Se inclinó para recoger una servilleta del piso.

—Pensé que tenía pluma. —Se pasó las manos por los bolsillos desesperadamente.

Vi a un grupo de muchachas que se alistaban para irse, y empecé a retroceder.

—Está en el directorio. El nombre de mi papá es Max. En Central Park West.

—Max Hiller, Central Park West. No se me olvida —dijo despidiéndose con un ademán.

Llegué a casa al cuarto para las doce. Papá se hallaba de viaje, y Mamá estaba sentada en su cama, hablando por teléfono.

—Espérate, Leslie acaba de entrar —dijo en el momento en que me vio—. ¿Cómo estuvo? ¿La pasaste bien?

—Conocí a un muchacho —y sonreí.

—¿De veras? —rió como colegiala—. Conoció a un muchacho —informó por el auricular.

—¿Es Judy?

Asintió con la cabeza. Judy era su amiga más antigua; cada noche platicaban por teléfono casi de una hora.

—¿Cómo se llama?

—Avram Werner.

—¿Avram? —alardeó— ¡Qué adorable! ¿Cómo es?

—Parece muñeco. Pero tiene una cara simpática, y toca el violín y quiere ser astrónomo...

—¡Espérate! —gritó jubilosamente. Sus ojos centelleaban de placer—. Dice... —empezó a contarle a Judy, luego me pasó el auricular—. Se muere de ganas de que le cuentes.

Tomé el teléfono.

—¿Judy? —comencé, contagiada de la emoción de Mamá—. No podía creerlo. La mayor parte de los tipos que estaban ahí eran un horror, pero...

Le conté todo con pelos y señales. Mamá, sentada enfrente, no se perdió ni una sola palabra. Mientras hablaba me fue invadiendo una sensación muy extraña: como si fuera un globo en el desfile de Día de Gracias de Macy, y alguien me hubiera hecho un hoyo. Entre más cosas les contaba a Mamá y a Judy, más vacía me sentía. Mamá está disfrutando tanto que ya no sé quién fue al baile. Luego pensé: no tiene importancia. Yo, Leslie Hiller, fui al baile como una caja vacía. Avram la abrió, metió un regalo, y regresé a casa toda llena y envuelta como regalo. Mamá desató los listones, arrancó el papel y sacó el regalo. Se lo llevó. "Disfruto mucho más dar un regalo que recibirlo, Leslie", me dice siempre Mamá cuando me da algo. Estoy tratando de ser como tú Mamá, de veras estoy tratando...

Le devolví el auricular, fui a mi recámara y empecé a desvestirme lentamente. Tengo la mejor mamá del mundo. Nadie podría tener una mejor. Se preocupa, se interesa y aprueba... Pero, ¿por qué me siento tan triste? Debería de sentirme feliz de que Mamá la haya pasado tan bien en el baile. ¿Me quiere más ahora, más que nunca?

Después de ponerme el camisón, volví a salir. Mamá acababa de colgar.

—Cuéntame más —dijo.

—No hay nada más que contar. Ah, espera... Dijo que me hablaría.

—Avram... ¿Cómo dijiste que se apellida?

—Werner. Mamá, es muy bajito.

—¿Y qué? Ya crecerá.

Y qué. Qué importa si me siento rara porque es tan bajo. Qué importa si siento cualquier cosa. Pero... ¿No importa si me atrae o no? Pensé que debía importar... de algún modo... que debía importar lo que sentía físicamente por un muchacho. Pero tú no quieres que sienta esas cosas, ¿verdad, Mamá? Por eso estás tan loca por Avram, el muñequito. Recordé una noche de verano cuando tenía doce años; la noche en que Roger me besó. Él tenía quince años y vivía cerca de nuestra casa en Brewster. Apenas lo conocía. No era muy inteligente, pero era hermoso, y cuando me besó sentí cosas que nunca había sentido. Cosas raras, maravillosas. Cuando le conté a Mamá más tarde, apareció una expresión extraña en su cara: en parte vergüenza, aunque era algo más que eso.

—Qué bien, Leslie —dijo con un tono de voz raro y distante que nunca le había oído antes.— Pero acuérdate… guarda eso.

—¿Que lo guarde? —repetí con perplejidad—. ¿Para qué?

—Para alguien que de veras te importe.

Evité a Roger durante el resto de ese verano, y al verano siguiente, cuando regresamos, me enteré de que su familia se había mudado a Maine.

—¿Cavett conoció a alguien? —preguntó Mamá, interrumpiendo mi recuerdo.

—No.

—Ya vendrá —dijo Mamá tranquilizadoramente.

—Mamá —hablé y luego me contuve. ¿Para qué arruinarle la diversión?—. Creo que me iré a dormir.

—Duerme bien —y me besó la mejilla—. ¡Me da tanto gusto que la hayas pasado bien!

Fui a mi recámara, cerré la puerta, me senté en el radiador y miré hacia el parque, abrazándome las piernas. Ahí está la Vía Láctea y la Osa Mayor y… y, pensé, si abro toda la ventana y espero un buen rato, Peter Pan entrará volando y me llevará con él. Cuando era niña, cada año veía *Peter Pan* con Liza

Bigelow, porque sus papás estaban en contra de tener un televisor. Por eso, cuando pasaban *Peter Pan*, ella se quedaba a dormir en mi casa, y lo veíamos juntas en la recámara de Mamá y Papá. Cuando Papá se iba de viaje nos quedábamos a dormir en su cama después de ver el programa, y yo le pedía a Mamá que dejara bien abierta la ventana. Casi siempre era en verano, y me quedaba despierta, mirando las estrellas y esperando.

Peter Pan entrará volando, y podré ser su mamá y recogeré su sombra y se la volveré a coser a su cuerpo... Pero cómo puede verse una sombra si está cosida al cuerpo... Y me enseñará a volar... Pero Peter Pan no tiene mamá... ¿Se puede volar si uno tiene mamá?

Liza fue la primera en contarme acerca de los hombres y las mujeres y de las cosas que hacían juntos. Me pareció tan atroz que le dije que seguramente lo había entendido mal, pero ella me explicó que había visto a sus papás hacerlo dos veces. Mamá y Papá nunca cerraban completamente la puerta de su recámara, y yo empecé a cerrar la mía como hasta los once años. ¿Alguna vez escuché algún ruido? No me acuerdo. No me acuerdo para nada. Nunca le pregunté a Mamá acerca de lo que había dicho Liza —obviamente no debía saberlo, pues de otra manera ella me lo habría contado— y luego vino la clase de ciencia en quinto año. El viejo Finkelstein y sus roedores. A final de cuentas, Liza tenía razón.

Oí unos golpecillos suaves en la puerta.

—¿Leslie? No te quedes despierta hasta muy tarde.

—No —respondí. Esperé uno o dos minutos; luego me acerqué al espejo y me levanté el camisón.

—Mira eso —susurré. Grasa. ¿Cómo puede alguien negarlo? Con razón el único tipo que me hace caso es un Napoleón violinista, pensé. Pero quiero un violinista. Es decir, quiero a alguien que sea intelectual; entonces por qué me siento tan... tan... ¿Qué es lo que siento?, pensé, completamente confundida. Vacía; más que vacía. Siento como si me hubieran robado algo. Esta noche ya no es mía. No me pasó a mí. Empezó siendo mía, pero ahora ya no parece importar. Debería haberme quedado con Cavett; no debería haberla abandonado. Mejor aún: simplemente no debería haber ido. ❖

Capítulo 4

❖ Algo me sucedió esa noche. Todavía no sé cómo explicarlo. Comencé a esperar; no sé qué. Como si hubiera deseado algo durante mucho tiempo, sin pensar demasiado en ello, y de repente me abrumara. No entendía. Por tanto, ¿qué podía hacer sino esperar?

Pasó noviembre, y Avram habló dos veces. Mamá no podía entender por qué me negaba a salir con él. Yo misma no estaba segura; sólo sabía que no quería. Dibujaba con mi rapidógrafo las formas intrincadas de los árboles contra el cielo invernal, y compraba castañas calientes para ponerlas en mis guantes cuando se me entumecían las manos. Encontraron a Annie fumando en el baño de la escuela. En Hannukkah Sammy y yo recibimos regalos todas las noches. Pase lo que pase, no hay manera de superar a Mamá.

—Qué suerte tienes —dijo Cavett cuando le conté.

—Sí —admití. Sabía que ella nunca entendería.

Y luego, justo en las vacaciones de Navidad, estuve enferma: me dio gripe y no se me quitaba. Así perdí los primeros kilos: por accidente. Ni cuenta me di que había perdido peso hasta el primer día en que me sentí bien como para salir. Me puse mis pantalones de mezclilla, y después de mirarme al espejo, salí corriendo de mi recámara.

—¡Mira! —le dije fascinada a Mamá, mientras metía mis dos manos entre la cintura y el pantalón.

—Ah, caray —exclamó Mamá con satisfacción—. Tendré que arreglártelos.

—Voy a ponerme a dieta.

—Bien —dijo Mamá distraídamente. Claro, no me cree, pensé. ¿Por qué habría de creerme? ¿Cuántas veces me he puesto a dieta para luego abandonarla a la hora siguiente?

Pero sabía. Por primera vez en mi vida, sentí que controlaba la situación. Sabía que no abandonaría la dieta. Era como si finalmente algo hubiera explotado en mí, ¿comprenden? Perder esos cuantos kilos era el aliciente que me hacía falta; sería imperdonable que dejara pasar esta oportunidad, pensé. Lo puedo hacer esta vez; lo haré. No me creen, pero ya verán: voy a ser delgada. Y feliz.

Y así empezó. Compré todas las tablas de calorías que encontré; las leí de principio a fin y las releí. Compré una báscula para comida. Empecé a hacer sentadillas; al principio 45 diarias y poco a poco aumenté la cantidad: nueve más por cada sesión, hasta que llegué a hacer 675. El nueve había sido mi número de suerte desde los siete años, cuando le dije a Mamá que no me gustaba porque asociaba la palabra

"nueve" con "necia". Cómo podía ser que el nueve no me gustara, si era la mitad de dieciocho, que en hebreo es *chai* y significa "buena suerte". Así que desde entonces el nueve se convirtió en mi número mágico.

Siempre hacía mis ejercicios con música; me hice esclava del ritmo de cada disco que ponía. Me impuse una dieta de tres porciones de requesón para el desayuno, y un trozo de filete apenas asado y una manzana para la comida. Mamá fue muy comprensiva; cuando ella y Papá se dieron cuenta de que iba en serio, se mostraron muy respetuosos. "Qué fuerza de voluntad", solía decir mi padre.

Durante el primer mes comía en la cocina, antes que todos, porque estaba tan hambrienta que no podía aguantarme, y como de todas formas no comía lo que comían los demás no parecía importar. Mamá me acompañaba. Había cierto furor en mi actitud que parecía asustarla, y cuando se atrevía a quejarse de mi mala alimentación, yo me enojaba tanto que de inmediato se callaba con una expresión de absoluto terror. Ciertamente, no había razón para que se preocupara de que me muriera de hambre. "Mira estas reservas", le decía señalando mi estómago con asco. "Podría vivir de ellas durante meses."

Creo que uno puede aprender a disfrutar cualquier cosa, si realmente lo desea. Me entrené para que me gustara sentir hambre. Si mi estómago se contrae, si me despierto con náuseas, si me siento mareada o si me da dolor de cabeza o, mejor aún, si me dan todas estas cosas al mismo tiempo, significa que estoy adelgazando. Por lo tanto, es placentero. Me siento fuerte, dueña de mí. En control. Gracias al dictador.

El dictador. Él-ella-eso —nunca he estado segura— era responsable de que me apegara a mi dieta. Esto va a sonar medio loco, pero era como si esta persona, este dictador, se hubiera instalado en mí para mantenerme a raya. No es que simplemente hubiera elegido no comer; lo tenía vedado. Inclusive el sólo pensar en comer los alimentos prohibidos era motivo de castigo. Es muy difícil de explicar. Era como si cayera un muro de hierro impidiéndome siquiera ver y aplastándome por intentarlo. "¡Cómo te atreves!", decía esta voz dentro de mí. "¡Eres una cerda golosa!" Y yo agradecía que alguien me cuidara; una especie de salvador que no me dejaba ser débil y gorda, que me alejaba del dolor. Me hacía respetarme a mí misma. El hambre, pensé, es un precio minúsculo que hay que pagar. Para ser delgada ningún precio es demasiado alto. No hay límites.

Sé que al decir estas cosas seguramente sueno muy rara. No es que "oyera voces" como sucede cuando uno escucha la radio; no era así. Supongo que era como oírme pensar, igual que todo el mundo; la única diferencia estribaba en que no era yo la que parecía estar hablando. Por lo menos no era una parte de mí que conociera. A veces hasta sentía que hacía trampa cuando la gente elogiaba mi fuerza de voluntad; no saben que tengo un pequeño dictador dentro de mí que me obliga, solía pensar. Y el comentarlo puede interferir. Así que cállate, Hiller. Simplemente cállate y obedece las reglas.

"Y así lo hizo, y tan tan", como dicen en los cuentos. Y la gente se fijó en mí. En la escuela me dijeron que me veía de maravilla; Papá dijo que me veía de maravilla; inclusive Mamá dijo, cautelosamente, que me veía de maravilla.

Un sábado, a principios de febrero, Judy vino a la casa, y escuché a Mamá decirle que le preocupaba mi dieta.

—¡Ay!, deja de ser una típica mamá judía —respondió Judy—. Es la muchacha más equilibrada que he conocido. Déjala en paz.

Entré en la sala y me incliné ceremoniosamente:

—Gracias, Judy —luego volteé hacia Mamá y dije—: ¿Ya ves? —y me fui trotando a la cocina.

En la mesa había una caja de mazapanes abierta. Se me hizo agua la boca. Ya había relajado mi disciplina; había añadido uno o dos yogurts a mis raciones cotidianas y de vez en cuando unos chabacanos. Pero el pan, la comida chatarra, los dulces y todas las cosas que me encantaban estaban absolutamente prohibidas. Punto. Me di la vuelta y regresé. Anda, Leslie, me dije a mí misma para calmarme. Pesas 50 kilos. Sólo te faltan tres kilos para alcanzar la perfección… Mereces un premio pequeño. Sólo uno. ¿De qué sirve tanto esfuerzo si no hay un premio al final? Tomé un mazapán y me lo metí en la boca. ¿Conocen ese anuncio: "A qué no puedes comer solo uno"? Debí haberlo sabido.

En estado de pánico, empecé a dar vueltas por la cocina como animal enjaulado. Ahora sí, Hiller. ¡Lo arruinaste, lo arruinaste, lo arruinaste! Perdiste el poder. Ya era malo, verdad, que te echaras sobredosis de requesón y chabacanos, pero ¡esto, esto! ¡Dulces! Sí, todo el melodrama ridículo de una ópera, pero esto no es un escenario. Es real. Ahora nunca podrás detenerte; ya está dentro de ti y nunca podrás corregirlo. Lo arruinaste. Gorda. Para mañana probablemente pesarás 53 kilos; ahora mismo estás subiendo de peso… Tiene que haber una forma de arreglar esto, tiene que haberla. Empecé a sudar. Mamá entró por más café para Judy.

—¿Qué no vas a ir al cine con Cavett? —preguntó, dándome la espalda.

—Más tarde —respondí rápidamente, y cuando volteó a verme, una sonrisa extraña iluminó mi rostro. Mamá, Mamá, Mamá, alguien me está matando a golpes, y tú no puedes ver nada, ¿verdad? Quisiera que pudieras detenerlo; no te acerques. No me toques. Fuera. Largo. Estoy llena. Sonríe, sonríe, sonríe, Leslie.

¿Qué voy a hacer?, pensé desesperada después de que salió. Calma, Leslie, hay que enfrentarse a esto con lógica. Cuando la comida está dentro de ti, ¿ya no se puede hacer nada? ¿No hay manera de sacarla? Tu estómago es un lugar sin retorno, al menos que... Oye. ¡Oye! Espera. ¿Cómo puedo ser tan tonta? ¿Cómo perdí peso cuando tuve gripe?

Atravesé la sala tranquilamente, corrí al baño y cerré la puerta con llave. Levanté la tapa del excusado y me agaché. ¿Te acuerdas, Leslie, cuando el doctor Polaski te pone el abatelenguas para verte las anginas y sientes ganas de volver el estomago? Pues anda, querida, hazlo, métete el dedo.

Al principio, saqué mi dedo en el momento en que empecé a sentir las arcadas, pero el dictador insistió: "Así no va a pasar nada, Hiller. Déjalo adentro, tonta, si no, ¿cómo esperas que funcione?", y de repente salió el mazapán, casi con el mismo sabor que tuvo a la hora de entrar.

Me lavé las manos y la cara. Sentía como si me hubiera topado con un milagro. Por qué no se me ocurrió antes, me pregunté. Ésta es la solución. Es como magia. He logrado arreglarlo; he eliminado la mancha y he borrado el error del mazapán. Y hasta supo bien, pensé, viéndome con alivio. "Placer doble, diversión doble..."

Ahora puedo volver a ser una niña buena y quitarme de encima a Papá, pensé. Me había estado presionando para que volviera a "comer cosas normales con la familia, como un ser humano normal". Lo obedecí y empecé a cenar con los demás, pero comía sólo pequeñas porciones de lo que había preparado Mamá. Quítale el pellejo al pollo y hasta tiene menos calorías que el filete; ráspale el pan molido a la milanesa y asa tu pescado en vez de comerlo frito. El guiso, olvídalo. Sería muy difícil quitarle los tallarines. Así que Mamá me preparó un filete apenas asado. Fui firme; gané.

Sin embargo, ahora, en caso de error o debilidad, tengo una salida. Un truco, un truco, un truco mágico, canté suavemente. Siempre puedo vomitar. Tener mi pastel y comerlo, por decirlo así.

—¿Qué haces? —dije al llegar a mi casillero. Cavett estaba sentada en el piso; tenía una pluma en la boca, un libro abierto colocado en una rodilla y un cuaderno en la otra.

—Estoy tratando de escribir ese estúpido ensayo para la clase de literatura —murmuró mientras cerraba el libro y lo dejaba en el piso.

—¿Qué tienes que hacer? —pregunté. Como estábamos en clases de literatura diferentes, podía ayudarla con sus trabajos. Cavett odiaba escribir.

—Escribir un ensayo sobre este poema de Emily Dickinson —se quejó.

—¿Para cuándo?

—Mañana.

—Mira, voy a ir un rato al gimnasio para correr, pero vamos al café después de clases y te ayudo, ¿sí?

Me sonrió con agradecimiento.

—Gracias, Leslie.

Me quité la falda y me puse mis *shorts*.

—Leslie, se te van a caer en la primera vuelta —comentó.

—Ya sé. Ya los arreglé, pero... —me encogí de hombros—. Supongo que debería de buscar un seguro, ¿verdad?

—Caramba, estás tan delgada. Eres impresionante, ¿sabes? Yo nunca tendría tanta fuerza de voluntad... ¡Oh, oh!

—¿Qué pasa?

—Oye, Leslie, ¿tendrías por casualidad un támpax?

—Claro. En mi casillero —lo abrí y me puse a hurgar durante unos segundos, hasta que finalmente saqué una caja de diez tampones sin abrir—. Quédate con todos.

—Sólo necesito uno o dos —dijo.

—Entonces guárdalos para una urgencia —y le arrojé la caja—. A mí no me ha bajado desde noviembre.

—Santo cielo —dijo con expresión de horror—. ¿Qué te pasa? No me digas... Avram.

Las dos nos reímos maliciosamente.

—Exacto, French, le hizo el amor a mi rótula.

—No, de veras, Leslie —dijo con seriedad—. ¿No deberías ir al doctor?

—Ya fui. Mi mamá me llevó con su ginecólogo.

—¿Y?

Me encogí de hombros.

—Dijo que no tenía nada y que si quería me podía recetar unas píldoras para inducirme la regla, pero le dije que no. Digo, ¿qué diablos importa, no? Ya me bajará... Oye, me tengo que ir. Me quedan sólo veinte minutos. Nos vemos aquí a las tres y cuarto —agregué mientras me alejaba.

—Déjame leer el poema —dije luego de que nos trajeron nuestro café. Cavett me pasó el libro abierto.

Dios le dio una hogaza a cada pájaro,
Pero a mí sólo una migaja;
No me atrevo a comerla, aunque me muero de hambre.
El lujo conmovedor
De poseerla, tocarla, demostrar la hazaña
Que hizo mía la pella,
Demasiado feliz soy con mi suerte de gorrión
Para codiciar con holgura.

Podría haber hambruna por doquier
Y ni falta me haría una espiga,
Pues reluce tanta abundancia en mi mesa
Y mi granero se halla rebosante.
Me pregunto lo que sentirán los ricos,
Un hombre de la India —¿un conde?
Yo con sólo una migaja
Me considero soberana de todos.

63

Lo leí una vez más, sorprendida.

—Cavett, ¿no entiendes lo que dice?

—¿Algo así como que uno debe estar contento con lo que tiene? —dijo vacilante.

—Bueno... —leí el poema nuevamente—. Es decir, Cavett, quizá ella no estaba siendo literal, pero como que... pues, así me siento yo.

—¿Eh?

—"Dios le dio... pero a mí sólo una migaja", "No me atrevo a comerla, aunque me muero de hambre". ¿No entiendes? La sensación que le daba el morirse de hambre era más que... que... Escucha los dos últimos versos: "Yo con sólo una migaja/Me considero soberana de todos".

—Leslie, Emily Dickinson no escribió el himno nacional de los cuida kilos —dijo Cavett.

—¿Cómo sabes? O sea, ¿cómo sabes que no lo quería decir literalmente? —dije, absorta en mis propios pensamientos. Miré a Cavett releer el poema y me sentí a años luz de distancia—. Supongo... Podrías escribir que... No sé, di algo sobre cómo apreciaba las cosas pequeñas...

No puedo ayudarla con esto, pensé. O Cavett es un caso perdido o ya estoy empezando a ver las cosas distorsionadas.

—Lo siento —me disculpé.

—No importa, ya se me ocurrirá algo —dijo Cavett—. Pero gracias de todas formas. Quizá tienes razón. O sea, no sé nada de este tipo de cosas y tú sí. Probablemente tienes razón.

Le dio un gran mordisco al pastel que había pedido.

—¿Cómo aguantas verme? —añadió después de tragarse el pedazo—. ¿No te molesta?

—No, ¿por qué habría de molestarme? —le dije con ligereza—. Mientras no te moleste a ti.

Negó con la cabeza.

—¡Ah!, bueno, pues no te preocupes por mí. Estoy acostumbrada.

Qué disciplinada soy. Ni siquiera le estoy mintiendo a Cavett. Algunas veces disfrutaba ver a la gente comer; no sé por qué. Quizá es como cuando Mamá disfruta las cosas que hago; hasta más que yo, me parece. La vieja frase: "Me da tanto gusto por ti". Por ti. En tu lugar. Resulta muy útil cuando estás a dieta. Dios le dio un pastel a todas las Cavett, a mí sólo café negro, pensé.

—Oye, cuando termines con tu dieta, no olvides que vamos a celebrar —señaló Cavett—. Una malteada de chocolate en Serendipity.

—Cuando esté suficientemente delgada.

Cavett movió la cabeza.

—Estás loca, Leslie. ¡Estás más delgada que yo!

La miré con severidad.

—No seas ridícula. Estás mucho más delgada tú.

—¡No es cierto! Peso 51 kilos.

—Pues entonces tienes huesos más pesados o algo así —dije, para acabar con el tema. Tú estás delgada. Yo no. Pero lo estaré.

51, 50, 49, tic, tic, tic. Vomitaba cada vez que era necesario. Mamá y Papá nunca lo supieron. Para entonces bastaba con meterme tres dedos en la garganta, pero si hubiera hecho falta un palo de escoba, lo habría utilizado. Era un último recurso; no comía con la idea de vomitar. La culpa la tenían las comidas de Mamá. Mis padres me regañaban, y me daba por vencida, casi con gusto. Me retiraba con una disculpa, iba al baño, vomitaba, y luego regresaba a la mesa feliz de la vida, preguntando: "¿Qué hay de postre?" Sabían que estaba bromeando, pero ya no me molestaban. No notaban que estaba adelgazando; de todas maneras cuando estaba en la casa usaba pantalones de mezclilla muy holgados y una camisa vieja de Papá, así que ¿quién iba a fijarse en mi aspecto? Ya casi llego: 47 kilos, mi meta. Increíble. Muy pronto estaré delgada. ❖

Capítulo 5

❖ —ANDA, cómete un chocolate —dijo mi Papá mientras me acercaba a la caja.

—No, no quiero —mentí.

—Vamos, sólo uno —insistió. En ese momento Mamá entró y se sentó con nosotros en la sala.

—¡Ah!, ya sé —dije—. Lo puedo masticar y escupirlo.

Mamá me miró con severidad.

—No. O te lo comes o nada.

—Vamos, Ruth, si le da placer, ¿por qué no ha de hacerlo? —dijo Papá.

Me levanté para ir a la cocina y regresé con una servilleta.

—...no está bien, hay algo que no está bien —decía Mamá cuando entré.

Escogí dos chocolates y los mastiqué. Luego los escupí en la servilleta. Sammy estaba de pie junto a la puerta, mirando.

—¿Qué está haciendo? —aulló.

—Escupiendo chocolate, bobo —dije.

—¡Qué asco! Es asqueroso —protestó.

—¡Métetelo!

—¡Leslie! —exclamó Mamá.

—Siéntate en la punta de un lápiz y da vueltas —me dijo Sammy, sin hacerle caso a Mamá.

—Sammy, Dios mío, ¿dónde oíste eso? —gritó Mamá sonrojada.

—En la escuela —respondió fríamente. Ya se le había olvidado el chocolate.

Fui al baño, eché la servilleta en el excusado y jalé. Luego regresé a la sala.

—Se murió Gus —le comentó Papá a Mamá.

—¡Ay¡, no, ¿de veras? —dije impresionada.

Papá se sorprendió.

—Leslie, ¿te acuerdas de Gus?

—Claro. Comía fuego en Belmar —dije, y Mamá asintió con la cabeza y se rió junto conmigo—. Fue el mejor verano de mi vida.

Y en realidad lo fue aunque Dios bien sabe que no empezó siendo así. Fue exactamente después de que partió Hilda. Papá se había ido a una gira de cuatro meses; nunca había estado fuera tanto tiempo. Decidieron mandarme a un curso de verano; me haría "bien". Aguanté tres días y vomité seis veces, una vez en cada viaje. Y cuando no vomitaba, me la pasaba llorando. No sé cuanto tiempo más me habría obligado Mamá a ir si el director no le hubiera pedido que me sacara. Me expulsaron por estar infeliz. Mamá me dijo que le había mandado un telegrama a Papá en Hong Kong, que decía: "Leslie se niega a ir al campamento. ¿Qué hago?" Y Papá respondió: "Llévala a Belmar." Papá tenía una tía vieja y dulce que administraba una casa de huéspedes en Belmar, a una cuadra de la playa, y Mamá rentó un cuarto para que nos quedáramos allá el resto del verano. Fue maravilloso. En Belmar vivían el tío Gus y su esposa, Sadie (no eran realmente parientes nuestros). El tío Gus solía sentarse en el columpio del pórtico, prenderle fuego a una bola de algodón y luego comérsela. También encontraba monedas detrás de mis orejas y podía mover el cuero cabelludo y las orejas al mismo tiempo. Y estaba Elsa, que tomaba el sol de abril a octubre y tenía la piel del color de una berenjena; se pintaba de plateado las uñas, y se veían increíbles, como conchas fosforescentes. Y también estaban Frankie y Gilda y sus tres hijos horrendos: Gail, Didi y Grant. Ésa era la tripulación de base; otros iban y venían, una semana aquí, dos semanas allá.

Mamá y yo íbamos a la playa todos los días. Había un merendero administrado por una mujer bella de pelo plateado que tenía una hija de dieciséis años, llamada Priscilla. Pero la llamaban Laura. Qué curioso que uno se acuerde de cosas como ésas; a fin de cuentas, ¿a quién le importa? (A mí, supongo.) Vendían unos helados llamados Cohetes: helado de vainilla y chocolate en un cartón en forma de cilindro con un palo en la parte de abajo, que uno empujaba hacia arriba; los llamábamos Jets. Al anochecer Mamá y yo caminábamos a un lago cercano y veíamos a los cisnes.

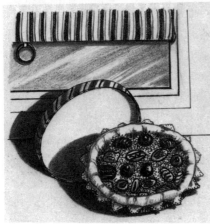

—Mamá, ¿sabías que los cisnes simbolizan la hipocresía? —dije.

—¿Qué?

—Estaba pensando en los cisnes de Belmar, ¿te acuerdas? Bueno, pues leí en algún lugar que antes, en el arte, los cisnes eran símbolo de hipocresía porque tienen la carne negra.

Se estremeció.

—No me digas eso.

—Pues ya te lo dije —afirmé con cierta satisfacción—. ¿De qué se murió Gus?

—Cáncer —contestó Papá—. Bueno, tenía 78 años.

—Sí, pero siempre es demasiado pronto —Mamá suspiró.

Sí, lo es: siempre es demasiado pronto. No te mueras. Por favor, no te mueras. Si te mueres, me muero. Es más, preferiría morirme antes para no tener que perderte.

Miré los chocolates otra vez y tomé uno más para llevármelo a mi recámara. Papá leía el periódico. Mamá me miró como si estuviera a punto de decirme algo; luego cambió de parecer.

—Termina tu tarea —me gritó.

Asomé la cabeza por la puerta y dije:

—Mami querida, hace años que la terminé. Soy tu hija maravilla, ¿recuerdas?

—¡Mi hija maravilla que está reprobando álgebra! —respondió con júbilo.

—¿Y qué? Tú también la reprobaste. Además, no estoy reprobando. ¿No se me puede permitir un 7.5 de vez en cuando?

—Cariño, simplemente pasar esa materia es un milagro —me dijo con una sonrisa.

—¡Oye! ¿Me quieres?

—De aquí a la luna y de regreso.

Me fui a mi recámara. No sabía qué disco poner para mis sentadillas nocturnas. Finalmente me decidí por Jimmy Cliff y me acosté boca arriba. La primera canción era la mejor para hacer los ejercicios y normalmente la ponía una y otra vez hasta cubrir mi cuota. La canción se llama: "Lo puedes conseguir si de veras lo quieres". Sí, sí puedo, pensé; sentí como si tuviera una banda marcial en la cabeza que me estuviera echando porras. Sé lo que quiero. Quiero ser feliz. Y ser feliz significa estar delgada. Es todo lo que quiero. No pido demasiado. Nunca lo hago. Mamá siempre me elogiaba porque casi nunca pedía cosas como los hijos de otra gente: ropa y demás. Y luego, cuando sí pedía algo, me lo daban, claro, porque "Leslie nunca pide nada". Pero querer cosas es un asunto enredoso. No sé cómo sea con los demás, pero una vez que me decido por algo no descanso hasta conseguirlo. Incluso si de repente empieza a parecer como una mala elección, ¿entienden? No me detengo a averiguar; simplemente me lanzo con la idea de que una vez que lo consiga podré preocuparme por lo demás. En todo caso, pensé, tengo razón en lo de querer ser delgada. Nunca he estado más segura de nada. Nunca. Me levanté para volver a colocar la aguja al principio del disco y empecé a saltar para descansar.

—Leslie —llamó Mamá golpeando la puerta—. ¡Los Serling van a llamar a la policía, y no los culpo!

Los Serling vivían en el departamento de abajo.

—Está bien —respondí, y me puse a hacer movimientos de cintura. Si no fueras tan gorda, dijo el dictador, harías menos ruido al caer. Sólo faltan unos cuantos kilos. ¿Cuántos kilos para ser feliz, cuántos kilos para estar delgada? ¡Un kilo menos para estar flaca, un kilo menos y yo gano!

—Oh, uf, Hiller —susurré afectuosamente—. Déjate de bobadas y muévete.

Luego, en la escuela a la semana siguiente, fui a la enfermería.

—Hola, señorita Chase —saludé—. ¿Me da unas aspirinas?

—Creo que por aquí debemos de tener algunas —abrió el pequeño armario en la parte trasera de su oficina y me dio dos aspirinas en un vaso de plástico—. Tengo Midol, si prefieres —agregó.

La miré con sorpresa, sin entender lo que quería decir, y luego dije:

—¡Ah!, no, sólo tengo dolor de cabeza —Midol. ¡Qué absurdo!

Asintió con la cabeza, luego entrecerró los ojos y me miró de arriba abajo.

—Perdiste más peso.

Hombre, señora, no me diga, pensé. Qué lista.

—¿Cuánto pesas ahora?

—No sé —dije con franqueza. A esas alturas ya casi había dejado de importar; cuando llegue a los 47 kilos, lo sabré, pensé, porque estaré delgada. No hará falta que me lo diga la báscula.

—Bueno, pues veamos —me tomó del brazo y me jaló hacia la báscula. Me quité los mocasines y me subí, en espera del juicio.

Lo puso en 50, y cerré los ojos. Finalmente, dejó de mover la pesa de metal, y abrí los ojos para ver.

—Cuarenta y seis —anunció la señorita Chase, y se puso en jarras.

Miré los números fijamente y me apoyé con todo mi peso.

—¿Está segura de que la báscula está bien?

—Sí, Leslie, la báscula está bien —dijo con firmeza—. Y 46 kilos es realmente muy poco para alguien de tu estatura.

Me bajé de la báscula con una sensación de júbilo y miedo. No entiendo, pensé. La señorita Chase seguía hablando, pero yo no la oía. No tiene sentido. Estoy un kilo por debajo de mi número mágico, pero aún no alcanzo la perfección y todavía no estoy delgada. Seguramente cometí un error; 47 era el número equivocado. Sí, eso es. Quizá... 45. ¡Qué cosa! Menos de cincuenta kilos. ¡Inimaginable! Seguro estaré delgada cuando pese 45 kilos, me dije a mí misma; y quizá un kilito extra de menos, para dejar un margen de error.

—Leslie, no me estás escuchando —dijo la señorita Chase.

—Disculpe. ¿Qué dijo?

—Dije que no debes perder más peso. De hecho, no te harían daño unos tres o cuatro kilos más.

—¡Ja! —reí—. ¿Bromea?

—Mira, Leslie... —empezó, pero levanté la barbilla y me di la vuelta. Salí casi bailando de su oficina.

—Gracias por las aspirinas —grité. Me fui trotando por el largo pasillo que llevaba a las escaleras de servicio. Bajé los escalones de dos en dos. Que alguien se atreviera a decirme que subiera de peso... Hiller, Hiller, ¡te adoro!

Anda, no te emociones tanto, me dijo una voz amonestadora. Todavía hay camino que recorrer. Sí, claro, como peso menos, eso significa que se requieren menos calorías para mantener este peso, lo cual significa que para seguir perdiendo peso debo consumir menos. El desayuno será de sólo dos onzas de requesón, en vez de tres. Eso equivale a sesenta calorías. Nada para la cena. La comida. Me van a regañar. Ya me regañan. Anda, Hiller, piensa. Estaba tan absorta en mis pensamientos, que choqué con Annie.

—¡Oye! —dijo, demasiado sorprendida para hablar en voz baja. Se recuperó, retomó su postura desgarbada y me miró con sus ojos color verde ahumado entrecerrados. De seguro, la hermana de Cavett está pensando que soy una bruta gorda y torpe.

—Oye, ¿estás ida o qué? —dijo.

—En cierta forma sí —respondí furtivamente. ¿Por qué he de sentirme intimidada por ella sólo porque tiene una postura terrible, una laringitis falsa y es bellísima?, pensé con valentía. Imponte, Leslie. Eres mayor y eres más inteligente; vamos, chica.

—¿De veras? —balbució Annie, visiblemente impresionada—. Anda, vamos, ¿en serio?

¡Ay!, Dios mío, Annie French, eres el colmo. Incliné la cabeza ligeramente, y una leve sonrisa empezó a jalar las comisuras de mis labios partidos por falta de vitamina B.

—Sí, Annie. Estoy ida de tanto no comer.

—Sí has perdido mucho peso. ¿De veras no comes?

—Es la mejor manera de adelgazar. ¿No crees?

Me miró sin saber qué responder, y me reí. No te tengo miedo, pensé. Se quitó el pelo de los ojos, pero le volvió a caer en la misma posición.

—Cavett dice que eres muy buena artista —dijo. Levanté los hombros con modestia—. Me gustaría ver lo que haces.

—Annie —dije suspicazmente—, ¿por qué eres tan amable conmigo?

Me miró con fijeza.

—Tengo una clase —dijo, y se empezó a alejar. Luego volteó y me lanzó una sonrisa amistosa—. Estás loca, ¿lo sabías?

Regresé al salón de estudios, y Cavett me susurró:

—¿Por qué tardaste tanto? Pensé que te había tragado la tierra.

—Fui a la enfermería —susurré a mi vez—. Y luego no vas a creer lo que me pasó.

—¿Qué?

—Annie me habló.

—Pobrecita de ti.

—Cavett, hasta estuvo amable. Es decir, amable para ser Annie —añadí. Luego me acordé de la báscula—. Adivina cuánto peso. Cuarenta y seis kilos.

—¡Qué barbaridad! —exclamó Cavett, y me dio unas palmadas en la espalda—. ¡Ahora sí puedes comer!

—¿Podrían callarse, por favor? —interrumpió Marla, mirándonos con enojo por encima de su hombro.

—Perdón —dijo Cavett. Hizo una mueca horrible tan pronto se volteó Marla.

—No —le susurré a Cavett.

—¿"No" qué?

—No, no puedo comer. Todavía no.

Cavett puso los ojos en blanco.

—¿Qué quieres decir con todavía no? ¿Cuándo entonces?

Estuve a punto de responderle, pero luego me encogí de hombros y abrí mi libro. ¿Cuándo? Cuando esté delgada, y sólo entonces. Y sabré cuando estoy delgada porque estaré contenta. Una vez, en primero de secundaria, cuando estudiamos la Biblia en clase de literatura, le pregunté a mi maestra sobre el Mesías:

—Apuesto a que muchas personas creen que son el Mesías, como las personas que creen que son Napoleón o algo así, pero ¿quién les cree? Acaban encerradas en el manicomio, ¿verdad?

—No creo haber entendido la pregunta —me respondió la señora Atkins.

—Bueno, es decir, ¿qué pasa si llega el verdadero Mesías? ¿Qué sentido tiene esperar al Mesías si lo único que vamos a hacer es meterlo en un hospital psiquiátrico?

—Cuando sea el verdadero, Leslie, todo el mundo lo sabrá. Es lo que cree la gente.

—Pero, ¿cómo lo sabrán? —insistí.

Me miró con impotencia.

—Simplemente lo sabrán.

Bueno, pues así ocurre con el peso, pensé. Cuando llegue al peso correcto, simplemente lo sabré. Ya no tiene mucho sentido proponerse una meta. Seguiré como voy hasta que esté delgada, es todo. Me di cuenta de que había estado leyendo la misma frase en mi libro una y otra vez y que no tenía la menor idea de lo que quería decir. Estábamos leyendo *La loca de Chaillot*. "Estar vivo es ser afortunado, Roderick", leí. ¿De veras?, me pregunté. ¿De veras es así? ¡Deberías de sentirte avergonzada, Leslie! ¿Después de todo lo que tuvo que aguantar mamá para traerte aquí?

—Cavett —le di un ligero codazo—. ¿Tus papás van a estar en casa por la noche?

—Van a salir con unas personas que vinieron de Los Ángeles. ¿Por qué?

—¿Puedo ir a tu casa? ¿Y quedarme hasta como las siete? —pregunté—. No quiero cenar en mi casa.

—Claro que sí, pero por qué... Leslie, ¡tus uñas!

—¡*Shhh*! —escupió Marla.

—¡Leslie, están azules! —susurró Cavett horrorizada.

—Sí, ya sé. Se ponen así muy seguido. Oye, gracias por lo de hoy en la noche —dije rápidamente—. Eres mi salvación. —Tomé mis libros—: Tengo que ir a la biblioteca —y me fui.

Logré evitar la cena todas las noches de esa semana. Cuidar unos niños el miércoles; ver un documental el jueves por la noche para la clase de ciencias sociales; ¿puedo comer en mi recámara?... ¡Ay!, Mamá, lo siento, me comí un *hot dog* frente al Museo Metropolitano y, por cierto, realmente tienes que ver las miniaturas persas, son una exquisitez. 45, 44, 43, tic, tic, tic. Esto no puede seguir así para siempre. Un día me voy a encontrar con que no tengo ningún pretexto y, ¿entonces qué? Vomitar no sirve de nada: quizá no logre sacar todo.

Además, no quiero que la comida se quede dentro de mí ni siquiera unos cuantos minutos. Ya no puedo más. ¿Qué puede hacer una madre?

—Mamá, Robin y yo vamos a ir a Bloomingdale en la noche —le informé el lunes siguiente—. Así que no cenaré en casa. ¿Está bien?

—¿Dónde vas a cenar? —preguntó.

—En Blum.

—Blum ya está cerrado —dijo, y puso sus manos en mis hombros. Felicidades, Leslie, de veras tienes buen tino para escoger...—. ¿Desayunaste hoy?

—¡Claro!

—Leslie, debes comer más. Mira cómo estás. Pronto vas a desaparecer —dijo alzando el tono de voz.

—Estoy bien, mamá. De veras que sí.

—¿Qué desayunaste? ¡Nada!

—Pero sí. Desayuné requesón —era cierto—. Mamá, ¡por favor, no te preocupes por mí! ¡Estoy bien! —¿Verdad?—. ¡Me siento de maravilla! —Mentira. Me aparté de ella—. No llegaré tarde, ¿está bien? —Se me quedó viendo, y se mordió el labio—. Te hablo de Bloomingdale para decirte a qué hora llego.

Caminó conmigo a la puerta.

—¿Qué vas a cenar? Espera...

Fue a la cocina y regresó con una bolsa de papel. Miré lo que tenía adentro. Yogurt. Pobre Mamá. Ya aprendió a jugar de acuerdo con mis reglas.

—¿Fresa? —dije con entusiasmo.

—Frambuesa —dijo, al borde de las lágrimas. No supe si reír o llorar al ver su expresión.

—Mejor aún —y le di un beso en la mejilla—. Mamá, Mamá, te quiero.

—Yo también te quiero —susurró.

Salí y caminé con lentitud a la parada del autobús. 7:45 de la mañana. Estoy cansada. ¿Por qué estoy tan cansada? Antes de que llegara el autobús, tiré la bolsa en el basurero. Lo siento Mamá. Dios mío, lo siento. ❖

Capítulo 6

❖ ME BAJÉ del autobús en la calle 59 y Lexington y avisté a Robin del otro lado de la acera. Esperé con impaciencia a que cambiara la luz del semáforo y luego fui hacia ella.

—Robin —le toqué el hombro. Giró y me miró como a una desconocida. Luego se quedó boquiabierta.

—¿Leslie?

Asentí. Me sentía como una tonta.

—Dios mío —exclamó, mientras respiraba hondo y me miraba de arriba abajo—. ¡Nunca te habría reconocido!

—Voy a suponer que es un elogio —dije con sequedad.

No se rió.

—Leslie, ¿qué te pasó? ¿Estuviste enferma?

—No —dije. Mis dientes empezaron a castañear—. ¿Podemos entrar? Tengo frío.

—¿Frío? ¡Si está de lo más agradable! —Vio mi expresión y murmuró—: Sí, anda, vamos.

—Necesito unos pantalones de mezclilla —dije cuando llegamos al tercer piso—. Ninguno me queda.

—No me extraña. ¿Qué talla usas, menos uno?

Durante dos horas casi no hablamos. Robin empezó por platicarme de su escuela y de lo que había estado leyendo y de un viaje en bicicleta que iba a hacer ese verano. Escuché, pero por alguna razón no se me ocurría nada que decir. Me siento tan lejos, pensé; me habla de estas cosas como si fueran importantes, y no entiendo. ¿Me importaban cosas así antes? No me acuerdo. No, no es cierto. Recuerdo a una muchacha con mi nombre... Pero nada importa ya, salvo esta dieta. Todo lo demás parece desvanecerse. Al cabo de un rato noté que Robin había dejado de hablar, pero yo estaba demasiado cansada para pensar en ello. Abrirse paso por Bloomingdale con todos esos espejos y luces y la música fuerte sin romperse el cuello es... Sueno como Mamá, pensé. "¡No podría haber nada peor!", diría ella. Robin seguía lanzándome miradas extrañas.

—¿Qué pasa? —dije en algún momento, cuando la pesqué observándome mientras revisaba los percheros de ofertas.

—Nada —respondió, con expresión de azoro.

Por fin encontré unos pantalones de mezclilla en la sección de niños.

—Gracias a Dios —gemí. De repente todo empezó a dar vueltas, incluso yo.

Robin me agarró el brazo, con una expresión de miedo.

—¿Estás bien?

Me recargué contra la pared y me deslicé hasta quedar en cuclillas.

—Esta tienda —dije, moviendo la cabeza y tratando de reírme—. Estoy mareada. Mi mamá ya ni siquiera viene aquí. Le entra pánico. Bloomingdale es una amenaza contra la salud, de veras.

Casi no hablamos en el autobús de regreso a casa. Luego, justo antes de llegar a mi parada, Robin respiró profundamente y dijo:

—Leslie, no eres la misma de antes.

Me erguí.

—¡Sí soy! —miré su cara y mis ojos se llenaron de lágrimas.

—¡Ay!, Leslie —dijo con suavidad—. ¿Qué pasa? ¡Por favor dime!

—No sé. ¡No sé!

Y luego llegamos a mi parada. Fui hacia la puerta, volteé a ver a Robin una sola vez y de repente me puse a correr por las calles oscuras como un animal perseguido. "Lo-puedes-lograr-si-de-veras-lo-quieres-pero-tienes-que-tratar-y-tratar". ¿Qué pasa? No pasa nada, no pasa nada, y preguntar es romper las reglas. ¿Quieres saber qué pasa? Ver a Robin, eso es lo que pasa; por lo demás, todo está bien. Estoy bien, Mamá. Te quiero, de veras, de veras, así que ¿qué pasa? ¿Qué es lo que sucede?

—¿Todo está bien, señorita?

Me paré en seco. Un policía me miraba con curiosidad.

—¿Alguien la persigue?

—No —Sí. No.

—Simplemente trata de mantenerse en forma, ¿eh?

—Exacto —dije. Cierto, así es. Estoy tratando de mantenerme en forma. Corre, Hiller. Corre. Quema esas calorías. Estás gorda. Ese excedente de carne tiene que desaparecer. El policía dijo que estoy tratando de mantenerme en forma. Ha de querer decir que me hace falta. ¡Corre! ¡Este cerdito corrió todo el camino a casa! Te quiero, Mamá. Pido disculpas por todas las veces que me enojé contigo. Porque te quiero y algún día estarás muerta. ¿Puedes perdonarme? No, no sé por qué, pero pido perdón de todas maneras. ¿Por qué fui de compras con Robin? A nadie le gusta que lo traten como a un loco. ¿Quién necesita a Robin, quien necesita a quien sea? ¿A quién le hacen falta amigos cuando tiene una madre como la mía?

Dos cucharadas equivalen a una onza. Entonces una onza de requesón para el desayuno. Realmente no me hacen falta dos onzas enteras. Un paquete de *Trident* para la comida, 3.8 calorías por cada chicle. Comida... ¿Qué es comida?

43, 42, 41, ¿quién está contando? (Yo, claro.) Quizá todo esto me haga mejorar en matemáticas: mi cabeza está llena de números todo el día.

Una noche sucedió lo inevitable: no pude escabullirme de la cena. Papá se iba a Escocia el día siguiente para una gira de tres semanas y media.

—La última noche en casa quiero cenar con mi familia —dijo con firmeza.

Caray, Papá, no veo por qué tiene tanta importancia; siempre te estás yendo. Estoy acostumbrada. ¿Tú no? No veo ningún problema, de veras. Por lo menos sé que eres feliz. Y no siempre tengo miedo de que te vayan a lastimar. Es extraño cómo me preocupa más que algo le pase a Mamá, quien nunca va a ningún lugar. Qué miedo, ¿cómo voy a hacerle con la cena? Si sigo botando la comida en mis piernas para dársela a Harry, el gato va a acabar con problemas cardiacos. Es lo único que me falta, más culpa. La curiosidad no mató al gato; fue Leslie. Además, Sammy me cacha una de cada cuatro veces y tiene la costumbre de divulgar todo en-el-acto y en el-instante-mismo. Es un latoso.

—Dice Mamá que ya no quieres ir a tus clases de arte —empezó Papá. Me gustaría que no masticaras con la boca abierta, pensé, mientras lo miraba molesta.

—No —finalmente abrí la boca, al tiempo que empujaba una albóndiga de un lado al otro de mi plato—. La verdad no me gusta la importancia que le dan a que las cosas estén en proporción. Es tan mecánico.

—¿Pero no crees que eso es importante? —dijo—. Un artista tiene que saber esas cosas antes de poder avanzar hacia otras.

—Tienes razón... No sé, quizá simplemente debería cambiarme a otra clase...

Fui bajando la voz. Era cierto que ya estaba harta de oír que el torso tenía que ser tres veces más grande que la cabeza —¿o cuatro?—, pero la razón principal por la que quería salirme es porque estaba demasiado cansada para ir a mi clase. Era demasiado esfuerzo. Casi todo lo es, últimamente, pensé con pereza.

—Leslie, come tu carne —dijo Papá. Ya va a empezar, pensé nerviosamente.

—¿Está buena? —le preguntó Mamá.

—Deliciosa.

—Siempre dices eso —se quejó.

—¿Y es malo? —dijo riéndose. Me echó un vistazo—. Leslie, no estás comiendo.

Me metí un trozo enorme de carne en la boca y lo empujé hacia un lado.

—A esto le falta sal —me levanté para ir corriendo a la cocina. Escupí la carne en mi mano y regresé con el salero.

—Nunca pongo suficiente sal —se disculpó Mamá.

Samuel empezó a hablar de una maestra que detestaba; me abstraje y le seguí dando vueltas a mi comida.

—Leslie, no estás comiendo —dijo Mamá.

—Estoy llena —dije, poniéndome tensa.

—¿Llena? ¿Cómo puedes estar llena? ¿Cómo puede estar llena una persona que no come?

—¿Llena de qué... de aire? —añadió Papá—. Te vas a provocar una enfermedad, Leslie.

—No, no es cierto. Como cuando tengo hambre —dije, apretando los puños en mi regazo—. No voy a comer cuando no tengo hambre. Así es como la gente se pone gorda.

—¿Gorda? ¿Ella está preocupada por la gordura? —Mamá me miró y luego miró a Papá. Claro que sí, y ya era hora además. Si pudieras salirte con la tuya, aún seguiría siendo una gorda asquerosa.

—¿Qué demonios quieres decir con "ella"? —Salté—. Aquí estoy, ¿no? —volteé hacia Papá—. Dile que ya le pare, ¿quieres? Se acelera por puras tonterías.

—Max —le suplicó Mamá.

La miré, esperando. Va a llorar. Espera, espera… Ya comenzó. Como una llave de agua.

—¿Por qué lloras por todo? —grité—. ¡Siempre estás llorando! ¡Es ridículo! —Empezó a temblar—. ¡No es mi culpa que hayas pasado hambre cuando eras niña! ¡El hecho de que coma no va a cambiar eso!

—Leslie —imploró—. Claro que no es tu culpa. Eres mi hija y estoy preocupada por ti. ¡No puedo evitarlo!

—Si no quieres comer por ti, entonces cómete una albóndiga para complacer a tu madre —dijo Papá.

—No.

—¿No te comerías una miserable albóndiga para complacer a tu madre? —gritó, mientras agarraba mi tenedor y trinchaba un trozo de carne. Me levanté de la silla y retrocedí. Ya enloquecieron, pensé. Todos enloquecieron. Miré a Sammy; tenía los ojos de plato, la boca abierta y puré de papas en la lengua.

—Papá, ya basta —dije suavemente.

—¡Para complacerme a mí entonces! —dijo.

—No. ¡No, no, no, no, no! —Comencé a llorar—. No —gemí. Me di la vuelta y caminé por el pasillo hacia mi recámara. Dios, si estás ahí no dejes que me sigan, pensé. Tampoco dejes que me desmaye—. No —susurré, y mi cuerpo se estremeció con los sollozos. Mamá se acercó por atrás—. Déjame en paz —grité—. ¡Por favor, déjame en paz!

Llorar está prohibido, Hiller. Eres fuerte, no dejes que te dobleguen. Están tratando de destruirte. Bueno, pues no va a funcionar. No vas a dejar que eso suceda.

—Si estás molesta por algo, hablemos, Leslie —dijo Mamá, tratando de controlarse—. No estamos tratando de hacerte infeliz.

—Quizá no están tratando, pero lo están logrando —respondí, mientras me enjugaba las lágrimas con vergüenza. Leslie nunca llora, ¿recuerdas? Leslie nunca pide nada y Leslie nunca llora.

—Entonces lo siento. Trato de entender... —dijo Mamá y se frotó las manos.

—Lo sé, Mamá.

—Sólo queremos que estés contenta y sana. Te queremos tanto.

—¿Quieres que esté contenta? —la reté.

—Sí —dijo con sorpresa—. Claro que quiero, que queremos.

—Bueno, pues no puedo estar contenta si no estoy delgada.

Gol. Me senté en mi cama. Me da gusto que Papá se vaya; será más fácil si no está. No habrá más lágrimas, Leslie; todo estará bien.

—Leslie —dijo Mamá tratando de aparentar calma—, ¿cuando se va a acabar esta dieta?

Fácil, pensé.

—¿Ves esto? —respondí, agarrándome el pellejo debajo de las costillas—. ¿Lo ves? Cuando desaparezca; entonces voy a parar.

Permaneció de pie unos instantes sin decir nada; luego se dio la vuelta y se fue, cerrando la puerta de mi recámara al salir.

Tarde en la noche caminé de puntillas a la sala para buscar el libro de poemas de Emily Dickinson de Mamá, y vi una pequeña franja de luz que atravesaba el piso del comedor. ¿Se les habrá olvidado apagar la luz de la

cocina?, me pregunté. ¿O están todavía ahí? Me acerqué a la puerta con cautela y escuché a Papá mascullar algo. Luego lo oí decir:

—¿Cómo se llama?

—Diane Jenkins.

—¿Doctora?

—No, es psicóloga —dijo Mamá.

Abrí la boca con sorpresa. Dijeron algunas cosas que no pude oír, y contuve el aliento.

—Max, me hizo sentirme como una loca. ¿Sabes lo que dijo? Dijo: "No estoy preocupada por su hija, señora Hiller. Estoy preocupada por usted".

—¿Vas a...? —empezó a preguntar Papá.

—La voy a ver otra vez la próxima semana. ¡Oh!, Max, ¿estoy loca? No sé, ¡dime! Hay que algo no está bien... —masculló otra cosa que no pude oír— ...quisiera que no te fueras ahora. No puedo controlar la situación.

Papá suspiró.

—Lo siento, Ruth. Sabes que sí. Estoy seguro de que Leslie va a estar bien. Mira, quizá estamos exagerando. Estoy seguro de que muchas adolescentes se ponen a dieta...

Hubo un silencio prolongado. Luego los oí levantarse, corrí a mi recámara y cerré la puerta sin hacer ruido.

Entonces fue con una loquera, pensé. Caray. Y la loquera le dijo que ella es la que necesita ayuda. Entonces, ¿a mí no me pasa nada? Qué extraño: otras personas no tienen que hacer lo que estoy haciendo y, sin embargo, logran quererse lo suficiente para seguir adelante. ¿Por qué no puedo ser así? No soy así. No hago esto porque quiero; tengo que hacerlo. Obedece las reglas, Hiller, sólo estoy cuidándote. Mamá dice que quiere que esté contenta. Yo también quiero eso, pero no puedo estar contenta si como... Deberías de poder entender, Mamá. Tú no estás contenta cuando te compras ropa bonita o cuando la gente te da regalos. Ni siquiera te tomas tus malditas vitaminas de hierro. ¿No es una forma de hambre? ¿Y no sacas algo de eso? ¿Algo más? Ser tacaño es divertido, Mamá. Es como un juego.

Me fui a la cama sin tratar siquiera de hacer mis sentadillas. No puedo, le había dicho al dictador unos días antes. Simplemente ya no puedo más. Y no hubo ningún problema. Me dio una tregua. A veces el dictador se hace de la vista gorda; a final de cuentas, lo importante era no comer, y en ese terreno estaba bien. ¿No se me puede permitir un 7.5 de vez en cuando?

Cuando desperté a la mañana siguiente encontré una carta en mi alfombra, que Mamá había deslizado debajo de la puerta. La recogí, me senté en el radiador y miré hacia el parque. Café. Ocre quemado, con manchas de nieve blanca, como una vaca, y pequeños puntos coloreados que se movían lentamente alrededor del campo de futbol. Corredores. Finalmente desdoblé la carta:

Leslie:

Nunca dudes de mi amor por ti. Sé que a veces soy muy regañona, pero es sólo porque te quiero mucho y deseo hacerte feliz, no sólo verte feliz. Tenemos mucha suerte de que nos haya tocado un ser humano tan excepcional y maravilloso como hija. Eres talentosa, inteligente y bella. Ya no aguanto las

ganas de ver todo lo que lograrás conforme vayas creciendo; e incluso si decides no hacer otra cosa más que tomar Diet-Coke todo el día, seguirás siendo la primera estrella de nuestro firmamento, pues no hay mejor amiga para mí en todo el mundo. Te preocupas por la gente, y con la gente, especialmente conmigo, de una manera más sensible y comprensiva que muchas personas cuatro veces mayores que tú. Si he estado difícil estos últimos días es sólo porque estoy preocupada por ti. Tu felicidad significa todo para mí ¡Por favor, perdona a esta judía loca que tienes por madre!

Besos,
Mamá

No sé cuántas veces volví a leer la carta antes de irme a la escuela. Es difícil de explicar; era como escuchar una cuerda con una nota equivocada. Es una carta muy bella, pensé. Me quiere. Piensa que soy maravillosa y talentosa... Dice que me querrá aunque sea un fracaso... porque... ¿Por qué era? ¡Ah!... porque me preocupo por la gente y me preocupo con la gente, y especialmente con ella... ¿No es bueno eso? ¿No? Mi felicidad significa todo para ella... Pero no me queda ninguna felicidad, Mamita. Y ahora, para empeorar las cosas, ¡no puedo ni siquiera sentirme agradecida! He de ser una persona horrible para encontrarle una falla a una carta que cualquiera desearía recibir. ¿Por qué sigo oyendo lo que Papá llama una nota falsa?

Durante un momento pensé en mostrarle la carta a Cavett, luego deseché la idea. Cómo mostrarle algo así, pensé. ¡Mamá se moriría! Pero, ¿cómo lo sabría? No tendría por qué saberlo. Yo lo sabría, y eso bastaba. Dios mío, Hiller, tienes un pequeño tribunal en la cabeza. Soy la acusada, la demandada, el abogado defensor, el fiscal, y el juez es una enorme báscula.

—Disculpe mi retraso, señorita Cole —masculle al entrar lentamente en mi clase de biología.

—No importa, Leslie.

Teníamos clase de biología tres veces a la semana. Tres veces a la semana llegaba tarde. El laboratorio estaba en el último piso de la escuela, y la clase anterior estaba en el primer piso. Cada día tardaba más en subir. La señorita Cole nunca se quejaba. No sé qué pensaría, pero supongo que era obvio que yo no la estaba pasando nada bien.

—Celia, ¿me prestas tu saco otra vez? —susurré—. Me estoy helando.

—Claro —dijo, mientras tomaba el saco del respaldo de la silla y me lo daba.

Celia me caía bien. Sus padres estaban divorciados y vivía en Sutton Place con su padre, que era increíblemente rico, y su esposa de veintiséis años, a quien Celia decía amar con locura. Creo que probablemente se sentía sola, más sola que yo. Yo tenía a Cavett, y ella en realidad no tenía a nadie. Me puse su saco y me hundí en la silla. Saqué el paquete de chicles *Trident* de mi mochila y lo abrí.

—Oye, ¿me das uno? —susurró.

Volteé a verla. Leslie, son cinco chicles o·nada, dijo el dictador. Todo o nada. Cuando tomas una decisión tienes que cumplir con ella. Si tuviera tres chicles, o cuatro, sería por causa de Celia, y ya no por ti. Y no puedes decirle que no; el sólo pensarlo me hacía sentir enferma. ¿Cómo le explicas a alguien que darle un maldito pedazo de chicle sin azúcar equivale a darle la mitad de tu porción diaria de comida? Tú, Celia, probablemente comiste huevos en el desayuno, y un sándwich a la hora de la comida y comerás quién sabe que otra cosa para la cena. Me encantaría poder decirte...

—Toma, ten todo el paquete —dije.

—¡Oh!, no, Leslie, sólo quería un chicle. De veras.

—No, tómalo —respondí, y le di el paquete—. De todas maneras no me gusta demasiado la canela. —Me miró con incredulidad—. ¡Toma!

Caray, no es más que chicle.

—Bueno —dijo—. Gracias.

Sí, claro. Cómo no. Leslie, de todas maneras esos *Trident* no te hacían falta realmente. De ahora en adelante no los volverás a comer, quedan descontinuados. Y nadie, absolutamente nadie, debe enterarse de lo golosa que eres en el fondo. Mi estómago se retorció como si alguien lo estuviera exprimiendo para sacarle una última gota. Vacío. Duele. ¿Sientes cómo se está comiendo a sí mismo? ¿Masticándose, quemándose, retorciéndose en un baile silencioso de agonía? Ahora sé lo que debe sentir un lobo muerto de hambre. Acechante, listo para matar, despedazando carne cruda. Esto no es como la otra hambre, como la de "tengo mucha hambre, no he comido nada en todo el día".

Ya no tengo hambre, pensé; estoy mucho más allá del hambre. Me siento como una salvaje. Y eso me da un susto horrible.

Sí, y sé cómo se siente una rata. Las cortezas de pan en el basurero me tientan. No hay nada que no recogería de un basurero. Pero incluso la basura es demasiado buena para mí. Pensé en una película que había visto alguna vez, una película alemana de propaganda de la Segunda Guerra Mundial. Las escenas de la película se alternaban. En una toma: judíos comiendo, en la próxima: ratas, y cambiaba de una escena a otra, para mostrar la semejanza que había entre los judíos y las ratas. Me enfermé cuando la vi. Vomité después. Pero esa gente era gente buena, me dije. Esa gente era mi gente. Gente buena, bondadosa, gente por la que llora Mamá. Yo soy la rata. Yo ¡debería estar muerta, no esa gente!

—Oye, Leslie —susurró Celia—. Tienes cara de que vas a llorar.

Aturdida, volteé a verla y negué con un movimiento de cabeza. Todo brilla demasiado en este salón, pensé, mientras miraba a mi alrededor. Lastima los ojos. Las cosas también suenan de manera diferente, como si todo el mundo estuviera hablando dentro de una lata. No sólo más fuerte, ¿entienden? Metálico.

Al terminar la clase, la señorita Cole me tomó del brazo cuando iba saliendo.

—Leslie, no te ves bien. No te ves nada bien.

Me encogí de hombros, sin saber qué decir, pero me sentí conmovida. La señorita Cole era una solterona típica y una maestra poco inspirada, aunque tenga que admitir que sólo un bufón de corte habría logrado interesarme en la biología. Uno nunca habría imaginado que se interesara personalmente en sus estudiantes.

—Has perdido mucho peso —dijo—. ¿Cuánto pesas ahora?

Me encogí de hombros nuevamente, y me miró con intensidad, como si fuera una muestra debajo de su microscopio.

—¿Por qué no vas a ver a la señorita Chase? —dijo.

¡Oh!, por favor, déjeme en paz. Lo último que quiero es que me esté molestando la enfermera de la escuela.

—Si no vas, iré yo —dijo—. Estoy preocupada por ti, Leslie. ¿Tu mamá...?

Mi mamá qué, pensé, mientras esperaba a que terminara. Ella tampoco parecía saber.

—Estoy bien, señorita Cole —dije, alejándome de ella—. De veras. Le agradezco que se preocupe por mí, pero estoy bien. De veras.

Abrí la puerta y me fui.

Con Papá lejos de casa, sabía que había llegado el momento de arreglar la situación de la cena. No podía enfrentarme al hecho de tener que inventar un nuevo pretexto cada noche, aterrorizada porque quizá no lo lograría, y Mamá se pondría histérica. Ya no puedo fingir; ya conoce mi juego. Y tiene miedo. Suficiente miedo para que pueda salirme con la mía.

—Mamá —dije ese viernes por la noche—. Mamá, escucha. No puedo comer enfrente de ti.

—¿Por qué?

—No sé por qué, pero no puedo —dije. Luego me puse a llorar—. Por favor, Mamá, déjame cenar en mi recámara. ¡Por favor!

Leslie, que nunca llora, está llorando.

—Pues... —dijo con desesperación.

—¡Por favor, Mamá! Por favor, te prometo que como si me dejas comer en mi cuarto...

Qué otra le quedaba. Sabía que no comería en el comedor, pero había una posibilidad de que comiera estando sola.

—¿Me lo prometes?

—¿Alguna vez te he dado motivo para que desconfíes de mí?

Es fácil mentir cuando se confía en uno de manera implícita, y es degradante. Estoy desesperada; nunca pensé que podría sentirme así de desesperada.

—No, es cierto —admitió—. Está bien.

Chuletas de cordero. ¿Qué voy a hacer con ellas? No las puedo echar por el excusado; Mamá oiría, sabría. No las puedo tirar a la basura. Olerían, y Harry las sacaría y me pondría en evidencia. ¡Tiene que haber alguna manera! Separé la carne del hueso y la moví alrededor del plato para que pareciera que había comido. El aroma era demasiado para mí. A ti, pensé mirando la carne, te odio. Eres repugnante. Me estás tratando de seducir. ¡Me estás tratando de matar! La lámpara del escritorio alumbraba el plato, como una lámpara en un quirófano. Oye, Leslie, pensé, mientras desviaba la mirada de la comida. Oye, querida, estás chiflada. ¿Cómo puedes odiar una chuleta de cordero? Miré por la ventana; había luna llena. Antes Mamá pensaba que la luna era Dios. Solía cantarme una canción que decía: "Veo la luna, la luna me ve a mí." Oye, pastilla de menta en el cielo, ¿me estás viendo? Me estoy helando, pensé. No es para menos; Mamá volvió a abrir otra ventana. Al cerrar la ventana, di en el clavo. La otra ventana da a Central Park West, pero ésta da al patio... Nadie sale ahí. Nadie se enterará.

Tomé un pañuelo desechable y puse ahí todos los pedazos de carne menos dos trozos pequeños y la mitad de los espárragos; fui hacia la ventana y arrojé el pañuelo. Me tapé los oídos con los dedos como diez segundos, luego tomé mi plato y abrí la puerta.

Mamá salió a mi encuentro a mitad de camino hacia la cocina.

—¿Qué tal estuvo? —dijo con vacilación.

—Riquísimo, Mamá.

La verdad. Le estoy diciendo la verdad. Estoy segura de que esas chuletas de cordero estaban riquísimas. ❖

Capítulo 7

❖ ALGUIEN gritaba en alemán, y yo no podía entender lo que me decía. Salí corriendo, aterrorizada, y me caí de unas escaleras; aterricé en un cuarto oscuro. Un judío ortodoxo estaba agazapado en un rincón, rezando. Pero rezaba de rodillas. Empecé a caminar hacia él con vacilación, y de repente se convirtió en una mujer. Me miró, los ojos llenos de odio, y abrió la boca y empezó a vomitar. Traté de gritar y me desperté, con los puños tan apretados que me dolían. Prendí la lámpara de mi mesa de noche y vi el reloj: 2:00 de la mañana.

Me levanté de la cama y me senté en el radiador para tratar de calentarme. Duele sentarse sin cojines. ¿Quién ha oído hablar jamás de una nalga huesuda? Y, claro, no había calefacción. Me puse una pequeña cobija de lana sobre los hombros y caminé hacia el espejo; mis movimientos eran como los de una viejita artrítica. Dios, me siento muy enferma. ¿Por qué? Con náuseas y fría, tan fría y tan cansada. ¿Ya estoy delgada? Últimamente el espejo no me dice nada… Tengo tanto frío que ya ni siquiera me miro sin ropa. Me visto y me desvisto en la cama, debajo de las cobijas. No sé qué apariencia tengo. Ya no parece importar. Mis ojos se ven más grandes, pensé mientras me miraba la cara; las comisuras de mis labios están partidas y no se curan. Mi pelo ya no está ondulado; se ve marchito… En fin, lo poco que me queda. Mi clavícula está más salida, supongo. No sé qué apariencia tengo, no sé ni siquiera qué apariencia quiero tener. Todas las personas delgadas a las que quería parecerme antes pesan por lo menos diez kilos más que yo, y de todas maneras están más delgadas. No entiendo. ¿Me pasa algo malo? ¿Pero qué? ¿Alguien puede creer lo que estoy haciendo? No lo planeé así… No tenía la menor idea.

Fui a mi escritorio, abrí el cajón y saqué unas tijeras, papel y una caja de lápices de colores. Corté el papel en forma de corazón y, mientras pensaba, tomé una pluma. Al fin escribí:

Querida Mamá,

Te quiero. Eres la mejor mamá que podría tocarle a cualquiera. No te preocupes por mí. Confía en mí. Soy confiable. No puedo evitarlo: deseo tanto ser flaca que haré cualquier cosa para lograrlo. ¡Por favor, no te preocupes tanto!

Te quiere,
Leslie

Ya estuvo. Empecé a dibujar pequeños corazones de colores en todo el papel. Azul, amarillo, anaranjado, lavanda, rojo, turquesa, rosa, magenta… Cada vez que pensaba que ya había terminado, aparecía otro espacio blanco que exigía que lo llenara. Qué hora es, me pregunté sin mirar el reloj. Recuerdo... que le preguntaba eso a Hilda. En las noches, mientras esperaba a que Mamá regresara a casa. Cada cinco minutos a partir de las seis, hasta que por fin llegaba. ¿Llegaba? Entonces por qué siento como si todavía estuviera esperando, esperando que Mamá llegue a casa. Me empezó a doler la mano y me di cuenta de que estaba presionando con tanta fuerza que había roto la punta roja del lápiz. El reloj marcaba las 3:40. Tomé la nota; me daba miedo verla; la coloqué en la alfombra junto a mi cama. Para que no se me olvide. Apagué la luz, me tapé la cabeza con la cobija, me hice un ovillo y respiré dentro de mis manos, que había colocado encima de mi cara. ¿En dónde dejo la nota para asegurarme, asegurarme absolutamente de que la encuentre? En la mesa del pasillo o en su bolsa o... en el refrigerador. Claro. Ahí la voy a poner.

Luego hice algo que no había hecho desde los cinco años. Revisé la funda de la almohada para ver si la parte abierta daba hacia la pared. Durante un año, después de que Mamá renunció a su trabajo, cada noche cuando me metía a la cama revisaba si la parte abierta de la funda daba hacia la pared. Si era así la volteaba hacia el otro lado. Era como magia; fingía que la casa estaba entre la pared y la almohada, y si la parte cerrada estaba cerca de la pared, significaba que Mamá no podía irse. La gente podía entrar, pero no se podía ir.

Estiré mi cuerpo y con la mano izquierda alcancé la parte de la funda que estaba cerca de la pared. La parte cerrada estaba ahí... ¿Dónde dejaré la nota en forma de corazón para que la vea en el momento en que abra el refri, antes de cualquier otra cosa? Ya sé: el compartimiento de los huevos. Levanté mi almohada y con un movimiento veloz le di vuelta, la parte abierta viendo hacia la pared. Luego me quedé dormida.

—Leslie, hoy me llamaron de la escuela —dijo Mamá una noche—. La señorita Krebbs.

—¡Oh!, ¡oh!, ¿qué hice?

—Nada. Parece que varios de tus maestros le han dicho que están preocupados por ti.

—Pero voy bien —dije a la defensiva—. Hasta en matemáticas. Estoy haciendo mi trabajo…

—Se lo dije —interrumpió Mamá—. Me dijo que no están preocupados por tus calificaciones, están preocupados por ti.

—Entonces están locos.

—Oye, Mami —gritó Sammy desde su recámara. Apareció momentos después—. Dijiste que vendrías… —Empezó a decir—. Pero no importa, puedes venir después.

Sammy nunca se porta así. Sammy siempre está dispuesto a pelearse a muerte conmigo para atraer la atención de Mamá. Pero últimamente no se pelea conmigo. Es casi como si me tuviera miedo… Cuando me fijo en él.

—Perdón, Sammy —le grité mientras se alejaba—. Enseguida terminamos de hablar, ¿sí?

—Tómense su tiempo, no importa —gritó a su vez, y luego hubo un silencio. Finalmente oímos que su puerta se cerraba, y Mamá me miró con nerviosismo. Mientras hablaba veía hacia abajo, mirándose las manos.

—Leslie, querida, ¿te acuerdas que alguna vez te platiqué de una mujer, la doctora Jenkins, que dio una conferencia hace varios años en una reunión de padres y maestros?

Asentí con la cabeza.

—Sí, bueno, la he ido a ver varias veces porque sentí que necesitaba... hablar con alguien, y me pregunto si quizá... ¿te gustaría también verla?...

—Sí —dije sin pensarlo—. Sí. La iré a ver.

—Qué bueno —dijo Mamá sorprendida. Su cara se relajó durante un instante, luego se volvió a poner tensa—. Leslie, también hice una cita para que te hagas una revisión médica.

—¡Ay¡, no. No voy a ir con el doctor Polaski...

—No, no te preocupes —interrumpió apresuradamente—. Vas a ver a mi doctor, el doctor Lese.

Se detuvo, en espera de que la rebatiera. Me quedé callada.

—Y si por alguna razón no te gusta o quizá prefieres no ir con el mismo doctor que yo, tal vez él pueda recomendar a alguien más. ¿Sí?

—Sí —dije—. Está bien, Mamá.

No me entiendo a mí misma, Mamá. Eres tan considerada que hasta te preocupas porque quizá prefiera ver a un doctor distinto del tuyo y, sin embargo... No sé, hay algo que no está bien... Pero debo ser yo.

Esperabas que peleara, supongo. Nunca me habría peleado. Nunca lo habría pedido, pero nunca me habría peleado. Ya sé; a mí también me sorprende. No me malentiendas: no voy a cambiar. Pero si me pueden dar una pastilla para que las cosas sean como antes, la tomaré.

Día de doctores, pensé, mientras miraba fijamente el reloj ese jueves en la mañana. Eran las diez y media. No había escuela. Mamá tocó mi puerta y la entreabrió.

—Hora de levantarse —dijo.

—Está bien.

—¿Te hago unos huevos? —ofreció tímidamente. Sollocé para mis adentros. ¡Mamá! ¿Cuándo vas a acabar de entender? ¿No te has dado cuenta?—. Compré una sartén de teflón —continuó—. Los puedo hacer sin mantequilla...

Dije que no con un movimiento de cabeza y me mantuve con los ojos cerrados hasta que escuché que la puerta se cerraba. Inocente. Inocente; qué palabra tan agradable. Esperanzada. No ingenua... La ingenuidad supone falta de experiencia. Inocente significa otra cosa; tener esperanza, creer en las cosas a pesar de la experiencia. ¡Ay!, Mamá: ¡cuánto deseo tus huevos y cuánto los odio! Y cuánto odio mis deseos; ¿qué deseos?, susurró el dictador. No tienes deseos. No tienes necesidades. No necesitas nada que esté fuera de ti. Nada.

La doctora Jenkins entró en la sala de espera, me levanté y le di la mano.

—¿Podría verla unos minutos, después?... —dijo Mamá con una expresión casi triunfante mientras veía cómo la doctora Jenkins me inspeccionaba discretamente de arriba abajo. "¿Ve?", casi podía oír a mamá. "¿Qué le dije?"

—Sí, claro —dijo con amabilidad, y la seguí hasta su oficina.

—Bueno, Leslie —empezó—. ¿Por qué no platicas un poco de ti?

—Bueno. Supongo que mi mamá ya le habló de mis dietas. De eso quiere que le platique. Por eso estoy aquí... Empecé la dieta en diciembre, luego de una gripe...

No fue larga la explicación. No paró de escribir todo el tiempo que estuve hablando.

—¿Y ahora qué?, —dijo cuando me detuve.

—¿Quiere decir que qué como ahora? —Asintió con la cabeza—. Primero le tengo que preguntar algo. ¿No le dirá nada de lo que le cuento a mi mamá, verdad?

—No, Leslie. Todo lo que digas es confidencial.

—¿De veras? —dije incrédula—. ¿Me lo promete? ¿Diga lo que diga no lo repetirá?

—Te doy mi palabra.

Decidí arriesgarme a confiar en ella.

—Bueno, de desayuno normalmente tres bolitas de requesón...

—¿Tres qué?

—Bolitas, sabe... —hice un pequeño dibujo en el aire con mi dedo—. Eh, para la comida nada, y luego mi mamá me deja cenar en mi recámara...

¡Ay!, Dios, ¿estaré haciendo lo correcto?, pensé. Pero no puedo mentir. Quizá si le digo, las cosas se arreglarán. No puede arreglar nada si miento.

—¿Sí? ¿Y la cena? —me estimuló.

—No ceno —dije mirando mis tenis—. Le miento a mi mamá. Le digo que ya cené, pero nunca lo hago.

—¿Qué haces con la cena?

—La tiro por la ventana.

—La tiras por la ventana —repitió. Afirmé con la cabeza—. ¿Cuánto pesas ahora, Leslie?

—No sé. Voy a ver al doctor de mi mamá al rato...

La saqué de sus casillas, pensé. Me entiende tan poco como yo a mí misma.

—¿Y cuándo planeas volver a comer? —preguntó con curiosidad.

—No tengo planes —sonaba muy raro; era la primera vez que lo decía en voz alta—. Antes pensaba que volvería a comer cuando estuviera delgada, pero ahora... no me imagino comiendo.

—Pero si no comes te tendrán que meter en un hospital y darte de comer con tubos.

Extendí las manos, con las palmas hacia arriba.

—Bien —dije—. Si eso es lo que tienen que hacer. No voy a comer.

—¿Crees que es una manera de tratar de matarte?

—No —dije pensativamente—. No, no creo que esté tratando de hacer eso. A veces pienso que no merezco vivir... pero sobre todo no puedo vivir al menos que haga esto.

Se me quedó viendo, sin decir nada.

Mamá estuvo con ella alrededor de quince minutos; mientras me quedé en la sala de espera vacía, mirando fijamente la pared. Luego salió Mamá, me tomó la mano con suavidad y nos fuimos.

—Hola —saludó el doctor Lese con jovialidad al entrar en la sala de exploración. Estaba sentada en la mesa con mi ropa interior, muerta de frío. Completamente morada. Me palpó; me golpeteó; escuchó mi corazón y me tomó la presión dos veces, con el oído muy atento. La enfermera estuvo ahí todo el tiempo sin decir nada; simplemente mirando.

—¿Cuándo empezaste a menstruar? —dijo.

—Cuando tenía trece años, pero dejé de tener mi regla en noviembre. Mi mamá quizá le informó...

—*Mmm*, sí, algo mencionó.

Le echó un rápido vistazo a mi historial médico.

—Viste al doctor Chester —dijo con una sonrisa—. Estuvimos juntos en la Universidad de Yale. Pertenecemos al mismo club de tenis.

—¿Ah? —dije cortésmente.

—Y él estimó... Sí —balbuceó mientras leía el resto del historial—. Bien, vamos a ver cuánto pesas.

Bajé de la mesa y me dirigí a la báscula. No sentía miedo; sólo cansancio. Seguro peso menos, así que no importa. Súbete, mujer.

—Espere —dije, mientras miraba los números—. ¿Treinta y nueve?

—La báscula es en kilos —dijo distraídamente, mientras me miraba como si me viera por primera vez—. Para la equivalencia en libras se multiplica por 2.2. Así que 39 kilos equivale como... a 86 libras.

—85.8 —lo corregí.

—Veamos cuánto mides —dijo.

El último esfuerzo, ¿eh, doctorcito? No va a funcionar. No mido 1.40.

—Uno setenta —informó. Se me quedó viendo nuevamente, luego carraspeó y dijo—: Ya puedes vestirte. Hablaré contigo en mi oficina.

—Bien —respondí.

Camino a casa Mamá se sentó junto a mí en el taxi con la expresión de alguien que acaba de sufrir una conmoción. No puedo creer lo que está pasando, pensé. Todo es tan absurdo. "Vete a casa, trata de subir un poco de peso y te veré otra vez en dos semanas", me dijo el doctor antes de irme.

—Pero ¿qué tal si pierde más peso? —preguntó Mamá.

—Ya nos enfrentaremos a eso cuando pase, si pasa, señora Hiller.

Cierto, mentí. No le dije que estaba alimentando a los gatos callejeros y a las ratas con carne de primera. ¿Pero qué tan listo hay que ser para darse cuenta de que no puedo estar diciendo la verdad? A Jenkins le dije la verdad, y me moriría si traicionara mi confianza. ¿Pero no iré a morirme si no lo hace? ¿De qué clase de lunáticos estoy rodeada? Me siento como una muda, indefensa. Nadie me escucha; nadie me ve; nadie me está oyendo. Me palpan y me hablan y se preocupan y me hacen preguntas, pero nadie puede verme ni oírme; entonces quizá no existo. Antes, cuando vomitaba, me sentía libre, por lo menos durante un rato: libre de tensión y de miedo y de ella. Pero quizá lo único que he hecho es darle más espacio dentro de mí. No sé. ¡No sé qué prefiero! ¡Quiero ambas cosas!

—Treinta y nueve kilos —susurró Mamá—. Treinta y nueve kilos. Leslie, después de la guerra, cuando me dio tuberculosis, ¡pesaba 47 kilos!

—Estabas muy delgada —dije.

Cuando se dio cuenta de que no quería ser sarcástica dejó de hablar. Sí, Mamá, sé que hay algo que no funciona, pero no sé qué hacer o decir o pedir. Sólo sigue adelante, Leslie; tienes dos semanas de libertad. Podrás capotearlas.

¡Ay!, Dios, ¿no hay nadie que pueda ayudarme?

Después de eso, el tiempo pareció perder todo su sentido. Diez minutos eran como una semana, y luego pasaba un día sin que me diera cuenta. Me sentía como si estuviera viviendo en un vacío en espiral, en espera de que algo me succionara; en tanto, la vida era árida, una cuestión de supervivencia.¿Cómo voy a ponerme a pensar en mi apariencia o en muchachos, en la lluvia o en las vacaciones de Pascua? ¿Cómo voy a interesarme en los matices o los colores de las hojas que pintaba antes, cuando las preguntas que debo enfrentar son tan blancas y negras?: "¿Llegaré a la parada de autobús o caeré muerta antes de llegar?"

Las chicas en la escuela me trataban con cautela, como si fuera una bomba de tiempo y pudiera explotar en cualquier momento. Qué bobas, pensé; no hay nada que temer. Soy completamente inocua. Si alguien me asalta, ahí se terminará todo. Ni siquiera puedo huir. Ven, soy bastante inofensiva ahora. Para ustedes. Y ahora nadie puede herirme por dentro. Tengo un truco: cualquier cosa que me hagan, yo ya me la estoy haciendo a mí misma. Y nunca podrán golpear tan duro como yo.

Sólo Cavett me seguía tratando como siempre lo había hecho. Era la persona más asombrosamente perceptiva que había conocido jamás. Antes de que empezara esta dieta solía ofrecerme un pastelito de chocolate cinco minutos después de que le había dicho que quería perder peso; y si decía que no, estaba bien, y si decía que sí, también estaba bien. Y ahora, si comía una manzana o un sándwich me ofrecía un mordisco; yo decía que no y ella lo aceptaba. Simplemente no parecía importar demasiado lo que comía o no comía o el aspecto que tenía.

—Leslie —me dijo el viernes, seis días antes de mi siguiente cita con el doctor Lese—. Oye, tengo que ir al Metropolitan hoy en la tarde para la clase de historia de Europa. ¿Quieres venir conmigo? —dijo con ilusión.

—Cavett, no puedo. Me encantaría poder... Lo siento mucho.

—No importa —dijo—. El museo no va a cerrar. Iremos otro día. ¿Por qué no puedes ir?

—No podría subir esas escaleras. Apenas logro llegar a casa.

—¡Ay, cómo me gustaría poder ayudarte! —exclamó repentinamente, y sus ojos se ensombrecieron.

—Cavett, yo creía que ni siquiera notabas ese tipo de cosas —dije, tocándole el brazo.

—¡Claro que las noto! Pero, ¿qué puedo hacer? No te voy a regañar como tu mamá; no serviría de nada y, además, si lo hiciera, me odiarías.

—¿Sabes, Cavett? Normalmente no me importa estar demasiado débil para cualquier actividad; no me interesa hacer nada. Pero contigo sí me importa. Me haces sentir que me estoy perdiendo de algo.

—Sí, pues no sé tú, pero yo definitivamente sí. No hay nadie con quien salir; ahora que no vamos a ningún lugar ni nada, ha dejado de ser divertido —dijo, mirándose los pies.

—¿Te caigo bien, verdad?

—Sí, me caes bien —se sonrojó—. Me cuesta trabajo decirle lo que siento a la gente que me importa. Supongo que me da vergüenza o algo así —masculló—. Pero tú eres mi mejor amiga, ¿sabes? Quiero que estés más fuerte para que podamos volver a hacer cosas.

—¿Qué hiciste el año pasado, antes de que llegara?

—Pocas cosas. Me sentía sola.

Deseaba decirle en ese mismo momento que la quería, pero sabía que eso la avergonzaría mucho, así que me quedé callada.

—¿Has pensado en ver a un loquero o algo así? —dijo.

—Ya fui, la semana pasada —la miré con desamparo—. Realmente no me dijo nada… No sé. De veras no sé.

El lunes por la mañana me desperté y supe que no iba a poder hacer nada. Me levanté de la cama, me desmayé como de costumbre, esperé a que se me aclarara la vista y luego fui al baño, casi sin levantar los pies del suelo al caminar. Apenas vale la pena el viaje, pensé; casi nada me sale. Miré mi rostro en el espejo; mi piel se veía completamente verde.

Caminé a la recámara de Mamá, abrí la puerta y permanecí ahí de pie. Ella se dio vuelta en la cama y, cuando me vio, se sobresaltó.

—¿Qué pasa?

—Mamá, no puedo ir a la escuela hoy.

—¿Por qué no?

La miré inexpresivamente. Dile la verdad, Leslie. Ya sabe de todas formas, y ni siquiera importa.

—Porque no creo que pueda llegar a la parada del autobús.

Me quedé en cama hasta el jueves, apenas consciente; me despertaba sólo para ir al baño y tirar las cenas que mi Mamá me traía en una bandeja. Nunca dejarás de tener esperanzas, ¿verdad, Mamá? Supongo que por eso estás aquí. Qué extraño: me sigues preparando cenas y crees a medias que me las voy a comer, y yo las sigo tirando y creo a medias que viviré para siempre. Aunque no haya nadie que pueda decirte que estoy infeliz, en un momento de clarividencia le mandarás un telegrama a Papá en Escocia que diga: "Leslie se niega a comer. ¿Qué hago?" ¿A dónde podrás llevarme esta vez? Pero no será necesario mandarle un telegrama a Papá. Regresa a casa el jueves en la noche; la noche de mi cita con el doctor Lese. Me pregunto cuánto habré subido de peso. ❖

Capítulo 8

❖ —TREINTA y cuatro kilos —dijo el doctor Lese cuando me paré en la báscula.

Hice una multiplicación en mi cabeza: $34.6 \times 2.2 = 76.12$. Todavía no llego a 76; aún no, pensé. Mi secreto.

—Leslie, siéntate —dijo señalando la mesa de auscultación. Me fui tambaleando hacia la mesa y me trepé; estaba tan atontada que ni siquiera me importó estar casi desnuda.

—¿Sabes qué aspecto tienes?

Me encogí de hombros, y levantó mi muñeca. Mi mano se desplomó y quedó colgando flácida como un pescado.

—Ve el tamaño de tu muñeca.

Miré y no vi nada fuera de lo común. A fin de cuentas, pensé, es sólo una muñeca; nunca le he prestado demasiada atención. ¿Se ve diferente? El doctor me escudriñó, tratando de provocar alguna respuesta y, al fin, dijo:

—Bien, Leslie, vístete y ven a mi oficina.

Cuando entré, Mamá estaba sentada esperándome. Me senté en la silla que estaba al lado de la suya, y ambas miramos al otro lado del enorme escritorio, en espera de que hablara Dios.

—Leslie perdió cuatro kilos más —le dijo a Mamá. Ella palideció—. Su presión sanguínea es de sesenta y nueve sobre cincuenta...

—¿Eso qué quiere decir? —preguntó Mamá con voz temblorosa.

—Está extremadamente baja, señora Hiller. En vista de las últimas dos semanas... pienso que vamos a tener que hospitalizarla.

Mamá asintió mientras retorcía las manos en su regazo. Me miró con cautela.

—¿Leslie...?

—Sí —dije—. Está bien.

El rostro del doctor Lese se relajó un poco.

—Me da gusto que estés cooperando, Leslie.

Oiga, ¿bromea? Estoy tan cansada que ya no me importa si nunca vuelvo a salir de la cama.

—¿En qué sección del hospital voy a estar?

—Tenemos un pabellón para la gente que sigue dietas especiales, donde se mide y pesa cuidadosamente cada cosa que ingieres y expeles. Hablaré para ver si hay una cama disponible mañana.

—¿Cuál va a ser mi diagnóstico?

—Aún no estamos seguros, Leslie. Conozco a una mujer muy inteligente, a la que voy a hablarle de ti y pienso... —se dirigió a Mamá—. Sería buena idea que Leslie la viera. Tiene muy buena reputación. ¿Usted me dijo que Leslie había visto a alguien más, a una tal doctora Jenkins?

—Preferiría ver a ésta —le dije a Mamá—. Si es inteligente...

—Sí, sí —aceptó Mamá apresuradamente—. ¿Cómo se llama?

—Elaine Sussman.

Mamá y yo nos miramos; luego Mamá se puso de pie.

—¿Le hablo más tarde para saber cuando la internan? —preguntó.

—Sí, si habla como a las... cuatro y media, ya tendré la información.

Entreabrí los ojos. Alguien había encendido la luz.

—Papá.

Se acercó y me tomó la cara con sus manos y me besó la frente.

—¿Ya te dijo Mamá?

—Sí —se sentó en la orilla de la cama—. Leslie, ¿qué te has estado haciendo?

—No sé.

—¿No puedes dejar de hacerlo?

Lo miré con angustia. Por favor, no te enojes, Papá. No puedo soportarlo. No puedo enfrentarme a eso.

—No, supongo que si pudieras dejar de hacerlo no estaríamos en esta situación —comentó, hablando más consigo mismo que conmigo.

—¿Estaríamos? —dije con perplejidad.

—Claro —dijo—. Claro que "estaríamos". Si tú estás enferma o eres infeliz, también es nuestro problema. Entiende Leslie, somos una familia. Eres nuestra hija.

—¡Ah!

¿Por qué me duelen las manos?, pensé, y me di cuenta de que tenía los puños cerrados. Todo mi cuerpo se sentía como un tambor.

—No te preocupes —dijo, tratando de interpretar mi expresión—. Todo saldrá bien. Soy optimista. El vaso siempre está medio lleno.

Logré sonreír débilmente; dio unas palmadas ligeras en la manta. Y, al hacerlo, me tocó el muslo. Una expresión de dolor le cubrió el rostro. Luego dijo:

—Vuélvete a dormir. Nos veremos en la mañana.

—¿Cómo vamos a llegar al hospital?

—Llevaré el coche. No te preocupes.

—No lo estoy —dije—. Tampoco te preocupes tú. Estaré bien.

¿Por qué insisto en decirle eso?, pensé. ¿Por qué estoy tan preocupada por ellos, cuando soy yo la que va a ir al hospital? ¡Ah!, porque tú, Hiller, no cuentas. Se supone que debes hacerlos felices, y ahora hete aquí, toda enferma. Pero no lo hice a propósito, pensé. ¡Yo estaba tratando de hacerme feliz! Aunque tenga que morirme de hambre para lograrlo… No tiene sentido, lo que piensas no tiene sentido. Como siempre, Hiller. Dices una cosa y luego dices otra. Mamá, yo, nosotros, somos, uno, ninguno, adiós, Leslie. Si no puedes tener todo no tienes nada. Me quedé dormida con el ruido de los cubiertos que llegaba desde el comedor. No escuché voces.

Mamá cerró las cortinas alrededor de mi cama mientras yo me desvestía. Me quité los pantalones de mezclilla y miré mis muslos con curiosidad. No estaban ahí. Mamá me miró rápido y desvió los ojos con horror. Me puse la piyama y me senté tímidamente en la cama.

—¡Justo a tiempo para la comida! —anunció una enfermera alegremente mientras Mamá abría la cortina. Bravo. Qué precisión.

—Papá y yo vamos a ir un rato a la cafetería, ¿está bien?

—¡Ah!, pero, ¿van a regresar…?

—Regresamos en un ratito, querida. A ver, déjame levantarte la cama para que estés más cómoda —dijo. Le dio vueltas a algo que estaba al pie de la cama y la parte superior se levantó, como un sillón.

—¡Carambas! —dije—. Qué divertido. Todas las camas deberían de ser así, ¿no? —No sonrió. Ya Mamá, no estoy muerta.

—Bueno, nos vemos al rato.

Me quedé acostada, mirando a mi alrededor con interés. Por encima de la cama había una lámpara color violeta opaco, un aparato para medir la presión sanguínea, un botón para llamar a las enfermeras, un enchufe de oxígeno. Mi cama estaba al lado de la ventana, y si me sentaba podía ver el East River. Había cuatro camas en el cuarto, incluyendo la mía, y una no estaba ocupada; justo en el momento en que me preguntaba dónde podían estar sus ocupantes entraron dos mujeres. Una tenía alrededor de veinticinco años y traía puesto un camisón largo color

morado con una imagen del Gato Félix estampada en el frente; la otra tenía como sesenta años e iba empujando un aparato intravenoso.

—Hola —dijo con tono amistoso, mientras se trepaba a la cama que estaba junto a la mía y se acercaba la bandeja.

—Hola.

—Hola —dijo la mujer más joven Mi nombre es Karen.

—Hola, el mío es Leslie.

—Stella Brodkin —dijo la otra con un movimiento de cabeza. Luego quitó la tapa de plata que cubría su plato—. *Mmm*, pollo.

—Mi doctor me dijo que aquí toda la gente sigue una dieta especial o algo así —comenté.

—Bueno, algunos de los pacientes sí —dijo Karen—. Creo que meten a la gente aquí cuando no saben qué problema tiene, y si está relacionado con su dieta así pueden seguirlo de cerca. A mí me pusieron aquí porque no supieron dónde más ponerme.

—¿Qué te pasa?

—Tengo un pulmón desinflado —puso los ojos en blanco—. Típico, el día en que mi novio viene a visitarme de Michigan, me meten en el hospital.

—¿A qué se debió? — pregunté.

—No saben. Pero se está volviendo a inflar; creen que puedo irme a casa el miércoles.

—Y usted, ¿por qué está aquí, señora Brodkin?

—Una locura: fui al dentista porque me estaban sangrando las encías y, *paf*, heme aquí.

—¿De veras? —exclamé—. Eso sí que es raro. ¿Qué creen que tiene?

Levantó las manos en el aire.

—¿Crees que me dicen algo? Ni lo mande Dios. Me están haciendo exámenes, y estoy esperando a ver qué me dicen. Más vale que sea algo bueno; me han sacado tanta sangre que ya les quedan pocas venas que picar.

Se arremangó y me enseñó los moretones en la parte interior de los codos. Allí estaban todos los colores del arco iris.

—¿No vas a comer?

—No tengo hambre —hice una pausa y luego dije—: Por eso estoy aquí. Me puse a dieta y perdí demasiado peso.

—¡Me encantaría tener el mismo problema! —dijo Karen con una carcajada.

—No, no te encantaría —dije con voz apagada.

—Bueno, al menos durante dos semanas.

El resto del día fue confuso: enfermeras, internos, preguntas, millones de preguntas. Mamá y Papá se fueron cuando llegaron las bandejas de la cena, como a las cinco, y después de que se fueron me fui caminando hasta el final del pasillo. El solario estaba vacío; había dos sillones de vinilo color canela, un televisor, un teléfono de monedas, unos cuantos ceniceros. Regresé a mi cuarto y, en el camino, me detuve en el baño. Orina en un jarrón de hojalata, no lo olvides, para que puedan medirlo. El jarrón tenía escrito "Hiller" en la parte externa. ¡Carambas!, mi propio jarrón. "Y cuando tenga ganas de evacuar, escriba la hora debajo de su nombre en la gráfica", me dijeron. No tardarán mucho en leerlo, pensé. ¡Caray!, qué manera de vivir.

Luego de tomar la presión sanguínea, la temperatura y el pulso como por veinteava vez, una enfermera me dio una pastilla color naranja claro.

—Te ayudará a dormir —me explicó—. Algunas personas tienen dificultades para dormir en el hospital la primera noche.

Más vale, pensé mientras me la tomaba. La señora Brodkin probablemente ronca. En menos de veinte minutos me quedé dormida.

—Levántate, querida. Es hora de pesarte.

Abrí los ojos; el sol estaba encima del río, rojo como una cereza.

—Está bromeando —balbucí—. ¿Qué hora es?

—Diez para las seis.

—¿De la mañana?

La enfermera se rió.

—Anda, querida, todo el mundo tiene que pesarse. Quítate tu camisón y ponte esto.

Me dio una pesada bata blanca.

Todos los pacientes del piso estaban alineados en el pasillo y vestidos con una bata blanca. Nos fueron pesando uno tras otro. Yo era la más joven del grupo, con excepción de un niño que parecía de nueve o diez años. Tenía aspecto extraño; su estomago estaba inflado como el de un biafrano, pero el resto de su cuerpo se veía normal.

—Hola, soy Andy —dijo en voz baja.

—Yo soy Leslie y estoy cansada —respondí, y él se rió.

—¿Cuántos años tienes?

—Voy a cumplir quince en agosto.

—Yo tengo quince —dijo—. Me veo mucho más joven, lo sé. Lo que pasa es que tengo un problema en el hígado que atrofió mi crecimiento. Pero hay un suero nuevo que van a probar conmigo. Un doctor de Florida está haciendo las pruebas.

—El siguiente —dijo la enfermera, mirándome con impaciencia.

—¡Ay!, perdón —dije, y me subí a la báscula. Registró 34.6 kilos. ¿Cómo es posible que pese lo mismo que ayer?, pensé. Me empecé a preocupar. ¿Habrá sido un truco la pastilla?

—34.6 menos .4, igual a 34.2 —dijo la enfermera. La miré con curiosidad—. La bata pesa .4.

Luego de que la enfermera amable —la que me despertó— me tomó los signos vitales, me volví a dormir. La llegada de las bandejas del desayuno me despertó otra vez.

—¡Ay! —me quejé—. ¿Cómo le hace uno para poder descansar aquí?

Inmediatamente después de que se llevaron las bandejas, un grupo de internos, quizá seis, entró en la habitación y se colocó alrededor de la cama de Karen.

—No te preocupes —dijo la señora Brodkin al ver mi expresión—. Están haciendo sus rondas. Vienen todas las mañanas.

—¿Qué hacen?

—Hacen preguntas; sacan sangre; luego hacen más preguntas. Cuando les preguntas a ellos, te dan una respuesta cuyo significado sólo podría interpretar Einstein —gruñó de buen humor.

—No encuentro una sola vena.

El interno viró nerviosamente, y otro interno se acercó para confirmarlo. Era mi tercera mañana en el hospital.

—¿Ya intentaste con el otro brazo?

—Está peor que éste.

Retiraron la cosa de hule que me habían amarrado alrededor del brazo

—Bien, no nos queda más que la arteria femoral.

—¿La qué? —dije.

—¿Se puede bajar los pantalones? Sólo un poquito… Así está bien.

Me frotó con alcohol el interior de la parte de arriba del muslo.

—Me va a estropear la franja del bikini —bromeé. Me clavó la aguja y me mordí la mano.

Más tarde vino el doctor Lese. Llegó con una mujer de pelo oscuro, que traía puesto un abrigo blanco encima de un traje sastre.

—Esta es la doctora Sussman —señaló.

—Me da gusto conocerte —me dijo, y extendió la mano.

No me gusta su sonrisa, pensé. Altanera. No seas mala Les, dale una oportunidad.

—El doctor Lese dice que usted sabe cuál es mi problema —dije.

—Sí, según todo lo que me ha dicho, creo que tienes *anorexia nervosa*.

—¿Ano… qué? —dije. Últimamente he de dar la impresión de ser una perfecta idiota.

—*Anorexia nervosa*. Es latín; significa "falta de apetito por causas nerviosas".

—¡Ah! Pero no perdí realmente el apetito… —balbucí.

—Sí, bueno, no es un nombre muy preciso para la enfermedad —se dirigió al doctor Lese—. ¿Qué le están dando ahora?

—La tengo con Valium, de veinte.

—Quiero que tome Stelazine —dijo la doctora Sussman con rapidez. Me observó con detenimiento—. Podemos empezar con veinte y luego veremos.

Bien, pensé. Me están dando un nuevo tranquilizante, y tengo una enfermedad que tiene nombre.

—¿Quiere decir que hay otras personas que han hecho lo que yo hice? —interrogué.

—Sí, parecen estar en aumento. A mí sólo me ha tocado ver un caso —dijo frunciendo los labios—. Ven, vamos a buscar un lugar donde podamos hablar.

El doctor Lese se despidió haciendo una seña con la mano y se fue. Su bata blanca flotaba en el aire. Caminamos por el pasillo y nos metimos a la sala de conferencias vacía.

—¿Qué es Stelazine? —pregunté, mientras me sentaba frente a ella.

—Es una droga neuroléptica que uso con muchos de mis pacientes, y con gran éxito. Hará que te sientas menos angustiada, para que puedas volver a subir de peso.

—¡No quiero subir de peso! —dije con voz fuerte. Mis labios empezaron a temblar.

—¿Por qué no me hablas de eso? —dijo, y me solté llorando.

¡Basta, Hiller, pareces una verdadera idiota!

—Lo siento —dije, mientras me enjugaba las lágrimas. Me dio un pañuelo—. Me esforcé tanto para lograr esto y ahora me dice que lo abandone. No puedo. No lo haré.

—Me apena verte tan infeliz. Pero tienes que empezar a comer o tendremos que alimentarte con sonda, Leslie. No puedes seguir perdiendo peso.

¿Oh, no? Ayúdeme alguien. Ayúdeme.

—El Stelazine no afectará mi metabolismo, ¿verdad?

—No, simplemente hará que te sientas menos angustiada, para que podamos empezar a tratar de entender lo que te está molestando.

—Yo sé lo que me está molestando: me siento gorda.

—Pero no es cierto. No estás gorda. Estás demacrada.

¿De qué se trata, señora? Sé que no estoy gorda. Dije que me siento gorda.

—Tu temor a subir de peso es irracional; no tiene nada que ver con los hechos.

—Aunque tenga razón esto no lo hace menos terrorífico —le respondí con un grito.

—No, es cierto. Dime, ¿tu mamá le daba mucha importancia a la comida?

—Sí... Pero no más que cualquier otra mamá judía neurótica que conozca. De todas maneras, sé que los loqueros siempre culpan a la mamá cuando los hijos tienen problemas, pero yo quiero a mi mamá. De veras —hice una pausa y luego dije—: ¿Me cree?

—Claro, creo lo que me dices. Se nos terminó el tiempo, Leslie —dijo.

Me sorprendió; llevábamos apenas cerca de veinte minutos allá adentro. Se levantó y la seguí.

—Vendré a verte de nuevo el viernes.

—¿Hasta el viernes? —dije, tratando de ocultar mi desánimo.

—Sí. Lo siento, esta semana a sido muy mala para mí.

Hombre, qué coincidencia, doc; tampoco ha sido la mejor de mis semanas...

—...quiero que empieces a comer un poco —me decía—. Si para el final de la semana pierdes más peso, tendremos que empezar a alimentarte con sonda.

Me sentía en paz; entraba y salía de la vigilia con ligereza; era una especie de paz sumisa. Llévame, Stelazine, soy toda tuya. Cada mañana me sentaba en el radiador; usaba mi bata como cojín y miraba a la enfermera cambiar las sábanas. Sacudía la sábana en el aire; la sábana se abultaba y luego flotaba hacia abajo lentamente, como un paracaídas. El aroma de detergente se mezclaba con el calor. La enfermera charlaba sin parar con su sonsonete irlandés, sin importarle que la escuchara; su voz era una melodía que bailaba al compás del sol mañanero.

Me gustaba sentir como cuando tenía cuatro años: no había ido a la escuela y me había quedado en casa para recuperarme de un catarro; Lucy, el ama de llaves, hacía mi cama. Lucy, quien siempre se reía de mis chistes... Y Mamá estaba en la cocina haciendo budín. No me lo voy a comer sin nada, le decía, y entonces ella lo cubría con trocitos de chocolate Nestlé, que se derretían instantáneamente. Papá tocaba "Claro de luna" en el estudio. Solos los tres, luego... Espera, no puede ser. ¿Dónde estaba Hilda? No recuerdo que estuviera ahí; sólo Mamá. No trates de averiguar por qué, Leslie. De todas maneras, ¿que importa? Mamá, te quiero. Quisiera...

Después del cambio de sábanas, tomaba un baño largo y muy caliente; una enfermera tocaba la puerta al cabo de un rato para ver si estaba bien; me salía de la tina lentamente para no desmayarme. El agua estaba tan caliente que casi ni necesitaba toalla. Me ponía mi piyama y me metía en la cama otra vez a dormir.

Empezaron a llegar las tarjetas de "cúrate pronto"; Judy vino a visitarme y me trajo una violeta africana que coloqué por error encima del radiador y amaneció muerta. Me llegó una tarjeta de Robin donde me decía que tenía miedo de visitarme, que sería demasiado doloroso y que esperaba que entendiera.

Traté de comerme una clara de huevo, un pedazo de jitomate; cosas seguras. Las escupí en la servilleta y dejé la servilleta en la bandeja. Ya no quiero mentir. ¿Cuál es la diferencia? Me van a dejar morir de todas formas. Las enfermeras eran amables conmigo; no sabían ni qué hacerme: ¿Quieres algo que no esté en el menú? ¿Helado? ¿Fresas? ¿Dieciocho dólares los quinientos gramos? Las mandamos traer en avión... ¿No hay nada que se te antoje? Sí, pero es un secreto: ¡Quiero todo, todo! *Sht...* No les digas. Porque no les puedes explicar las reglas. No entienden. Ni siquiera pienses en lo que quieres porque es inútil, ¿no? Ya había bajado a treinta y tres kilos.

—¿Leslie? —dijo Mamá cuando llegó el jueves por la tarde—. ¿Qué pasa?

—¿Eh?

—Te ves drogada.

—Mamá, esta cosa que me hacen tomar, no me gusta —le dije, tratando de no arrastrar las palabras al hablar—. No confío en la doctora Sussman. No sé si sabe lo que está haciendo.

—Ya lo sé. Leslie, Papá y yo le hablamos a los Higgins. ¿Te acuerdas de ellos?

Asentí. Alquilamos su casa en Brewster antes de comprar la nuestra.

—Ambos son psiquiatras y nos hablaron de dos doctores que se especializan en *anorexia nervosa*. Hace años que se dedican a eso, y se supone que son los mejores en el ramo.

—¿Dos? —dije adormecida. Sé que estoy emocionada, pensé. Sé que lo estoy, pero estas pastillas no me dejan sentir—. Mamá, ¿puedo verlos? ¿Por favor?

—Les llamaremos hoy. Uno es pediatra, un tal doctor Gold. Y la doctora Wilcox es psiquiatra.

—¿Una mujer?

Mamá asintió.

—Tienen un centro de tratamiento en el Columbia Presbyterian Hospital. Quizá signifique que tengas que estar ahí tres o cuatro meses.

—¿Tres o cuatro meses? —repetí lentamente.

—Es lo que dicen los Higgins, pero todavía no hablamos con el doctor Gold...

—No me importa, Mamá —la interrumpí—. Si son buenos, no me importa el tiempo que tenga que estar ahí. Pero el dinero...

—Basta. El dinero no tiene nada que ver —dijo con firmeza—. Tenemos un seguro, y una vez que se termine, tenemos otros recursos y nos las arreglaremos. No nos moriremos de hambre...

Me reí y se movió nerviosamente.

—Uno no piensa en ahorrar cuando se trata de doctores. Lo único que importa es tu salud.

—Gracias —dije—. Gracias, Mamá.

Se acercó y me apretó la mano.

—Sólo tienes que estar bien —susurró con fervor—. Es lo único que quiero: que estés bien otra vez.

Vete Mamá, me estás asfixiando. Estar bien no significa sólo comer; significa también otra cosa. No sé qué. Pero no te gustaría, Mamá. Lo sé. ¡No te vayas! Por favor, no lo dije en serio. De veras.

—Mamita, ¿recuerdas la nota que te escribí? ¿El corazón?

—Sí...

—¿Todavía la tienes?

—Claro que sí. La guardo como un tesoro.

—Qué bueno. Porque todo lo que escribí es cierto.

—Sí, cariño. Sé que es cierto —dijo con los ojos llenos de lágrimas—. Mi querida Leslie, ¡te quiero tanto!

Cavett vino a verme esa tarde. Al principio estuvo un poco tensa, pero después de un rato se relajó. Annie rompió con su novio; a Marla se le fueron los lentes de contacto por el drenaje del baño; había un baile en Trinity ese sábado por la noche, pero ella tenía miedo de ir sola.

—¡Qué trivial me siento! —dijo de repente—. Hete aquí en una cama de hospital y heme aquí contándote puras tonterías...

—No son tonterías. Por favor, no te detengas. Quiero oír.

Alzó los hombros con timidez.

—Ayer dieron noticias tuyas en clase, y todo el mundo me ha estado preguntando por ti.

—¿Qué les dices?

—Que estás aquí y que están tratando de averiguar qué tienes

—Ya sé el nombre de lo que tengo —dije—. Se llama *anorexia nervosa*.

—¿*Anorexia nervosa*?

—Viene del latín y quiere decir pérdida del apetito por causas nerviosas. No sé por qué lo llaman así, pues no es cierto.

Cavett se quedó pensativa.

—Sabes —dijo—. Creo que, bueno, había una muchacha en mi escuela anterior; iba unos años adelante de mí, así que no la conocía; pero me estoy acordando...

—Y entonces, ¿qué?

—Seguramente era lo que tenía —dijo, mirando hacia el vacío—. Se puso cada vez más y más flaca hasta que acabó viéndose como alguien en un campo de concentración...

Quizá debería de dejar de llamarme Leslie y usar mi segundo nombre, pensé ociosamente.

—¿Qué le pasó?

—Se... este, ingresó a un hospital —dijo Cavett, y empezó a buscar algo en su bolsa—. Espero tener cambio para el autobús.

—¿Pero se mejoró? —insistí—. ¡Cavett, mírame!

Se mordió el labio nerviosamente.

—Oye, Leslie, lo siento. No debería haberlo mencionado.

—Cavett...

—Se murió.

Me le quedé viendo, pasmada.

—Mira, quizá ni siquiera tenía anorexia. Quizá tenía cáncer o algo así.

—Está bien —dije—. Oye, hablemos de otra cosa. Cuéntame de Annie. ¿Por qué rompieron?

Nos quedamos un rato más sentadas en el solario, y le conté de Gold y de Wilcox. Andy nos pidió que jugáramos una partida de naipes con él (ganó), y luego dieron las ocho y se acabaron las horas de visita. Cavett caminó conmigo de regreso a la cama para recoger su abrigo. La cortina alrededor de la cama de la señora Brodkin estaba completamente cerrada, y oí la voz de su marido.

—¿Quién está ahí? —susurró Cavett.

—La señora Brodkin. Es muy buena gente. Le sucedió algo horrible: la metieron aquí por su dentista, aunque no lo creas, porque le estaban sangrando las encías, ¿ves? Y resulta que tiene leucemia.

—¡Cómo! —dijo Cavett—. ¡No puede ser!, ¿cuántos años tiene?

—Sesenta y dos. No es anciana, Cavett. Es demasiado joven como para estarse muriendo.

Y yo tengo catorce y medio, pensé.

—¡Caramba!

—Bueno. Pues ya te subí los ánimos —le dije sarcásticamente, y sonreímos con alivio—. Muchas gracias por venir. De verdad lo aprecio .

—Habría venido antes, pero no sabía si querías ver gente. Cuando sepas algo de los otros doctores, ¿me hablas? Si te dan ganas, claro. Puedo hablarle yo misma a tu mamá —añadió rápidamente.

—¡Claro que te hablo! Oye, no vayas a empezar a portarte rara conmigo. Eres mi salvación.

—Sí, vaya salvación —dijo, meneando la cabeza—. Bueno, mejórate. —Titubeó y luego me besó rápidamente en la mejilla—. ¿De acuerdo?

Se despidió moviendo la mano, y yo hice lo mismo.

A la mañana siguiente Mamá y Papá llegaron a las nueve y media.

—Anda, vístete. Te vas a ir de aquí —dijo Papá con un tono de voz casi jovial que no había escuchado en años.

—Oigan, ¿qué pasa? —pregunté, incorporándome.

—Tienes una cita con el doctor Gold a las once y, si confirma su diagnóstico, hay una cama disponible esta misma tarde.

—¿Y la doctora Sussman?

—Le hablamos ayer —respondió Mamá.

—No me simpatizó —dijo Papá.

—Anda, Max, ya no importa— le dijo Mamá mientras recogía mis cosas—. ¿Por qué no esperas en el pasillo para que Leslie se pueda vestir?

Agárrate bien de tus pantalones de mezclilla, Hiller. Nos vamos otra vez de aventura. ❖

Capítulo 9

❖ LLEGAMOS al Columbia Presbyterian Hospital a las dos, y siguiendo las instrucciones del doctor Gold subimos por el elevador hasta el onceavo piso del hospital de bebés. El doctor pasaría a verme esa tarde. Mamá y Papá entraron a la oficina de las enfermeras y yo me quedé atrás para mirar un poco. Del lado izquierdo había una especie de sala de visitas, pintada de color verde hospital. Me asomé y vi un teléfono de monedas y unos sofás anaranjados a lo largo de las paredes.

Luego vino una enfermera y nos condujo por un pasillo largo hacia lo que creí sería un solario. En vez de eso entramos en un cuarto grande con ocho camas, cada una dispuesta en su cubículo de cortinas verdes. Seguí a la enfermera; una etiqueta al pie de la cama decía: "Leslie Hiller, doctor Gold, 14 años". Noté que había etiquetas en dos de las camas de mi lado del cuarto; una decía: "Jessica Marks, doctor Gold, 16 años", y la otra: "Carrie Friedman, doctor Gold, 12 años.

Me dieron una piyama rayada de hospital y me la puse, no sin antes cerciorarme de que todavía tuviera las costillas salidas. Oí hablar a la enfermera y me puse a escuchar un instante detrás de las cortinas.

—No, no necesita nada.

—¿Cepillo de dientes?

—Cepillo de dientes, cepillo de pelo, piyamas: nada; el hospital le dará todo lo que necesite. Son las reglas del doctor Gold.

Salí de mi cubículo. Me observé de arriba abajo y luego vi a Mamá. Me pregunté si estaría pensando lo mismo que yo: que parecía una reclusa de Auschwitz. En ese momento una muchacha demacrada salió del solario que estaba detrás del pabellón. Miré hacia el lugar de donde había salido y vi que había un piano vertical.

—¡Hola! —dijo animadamente—. Soy Jessica. ¿Tú eres Leslie?

Asentí.

—Dios, qué flaca estás. Daría todo por estar como tú.

Su rostro se ensombreció, aunque no desapareció su sonrisa. De repente apareció otra muchacha detrás de ella. Era muy pequeña, quizá de un metro cincuenta y tenía una cara alargada, pero pude darme cuenta de que era realmente bella.

—Hola, soy Carrie.

—¿Tú tienes…?

Asintió con la cabeza.

—Eres tan joven.

—No soy tan joven —dijo con una expresión ofendida.

No podía dejar de mirarla.

—Perdona que te vea tanto; lo que pasa es que pensaba que yo era la única en el mundo.

—Yo también. Ahora somos tres aquí arriba. Yo llegué apenas hace una semana. Otra muchacha se fue ayer a su casa.

—¿Ya estaba mejor? —le pregunté con mirada indagadora. Mamá y Papá se acercaron a nosotras.

—Leslie, ya nos tenemos que ir —dijo Papá suavemente—. No nos dejan quedarnos. —Me dio un abrazo rápido—. Cuídate.

Luego me abrazó Mamá, y los vi caminar por el pasillo largo, dar la vuelta y desaparecer.

Una hora más tarde llegó el doctor Gold y me llevó a un cuarto vacío. Nos sentamos frente a frente, y lo miré con expectación.

—Bueno, Leslie, te voy a explicar las reglas —dijo, como si le estuviera hablando a una niña—. No obligamos a nuestros pacientes a comer, pero tienes que tomar cinco vasos de líquido al día.

—¿Y si no?

—Si no te tendremos que colocar tubos intravenosos.

—Está bien —dije—. Tomaré agua.

—Agua no. Tienen que ser líquidos con calorías. Leche, jugo, refrescos…

—No —interrumpí—. No lo voy a hacer.

—Eso depende enteramente de ti. O lo haces o te colocamos los tubos intravenosos —dijo con calma—. Como venía diciéndote, no obligamos a nuestros pacientes a comer, pero sí te digo una cosa: no saldrás de aquí hasta que no te comas todo lo que está en tu bandeja. Así que si eres lista, te comerás todo lo que te den.

No te molestes en discutir, Hiller. No pueden obligarte a hacer nada.

—¿Nos dan menús?

—No, se te da la comida normal del día —me sonrió—. Cuando salgas de aquí podrás escoger lo que comes. Aquí, tendrás que comer lo que te den. ¿Entendiste?

—¿Y las visitas?

—Sólo te pueden visitar tus papás, una vez a la semana. Además, no puedes mandar o recibir cartas, y tienes permiso de hacer una llamada al día. A tus papás.

Después me dijo que durante la primera semana me harían una serie de exámenes; me revisarían lo más minuciosamente posible y la doctora Wilcox me vería cuatro veces por semana.

—Y cuando vayas al baño...

—Ya lo sé. Ni me lo diga —interrumpí.

—Muy bien, ¿tienes alguna otra pregunta?

Me quedé pensativa durante unos instantes.

—Las otras chicas de aquí tienen enfermedades normales, ¿verdad? O sea, no están locas como nosotras.

—No es un pabellón psiquiátrico, si a eso te refieres —contestó.

—¿Y supongo que tiene sus razones para todas estas reglas?

Me miró con expresión ligeramente divertida y dijo:

—Estás enferma, ¿verdad?

Asentí con la cabeza.

—Te estamos apartando por completo del medio en el que te enfermaste.

El hombre es sensato, pensé. Bueno, y ¿también me van a cambiar por dentro?

—De todas maneras los tubos intravenosos tienen agua con azúcar —dijo Carrie—. Es mejor que te lo tomes.

Estaba acostada en mi cama, sin poder moverme. Carrie estaba sentada al pie de la cama.

—Supongo que es probable que tengan la misma cantidad de calorías —razoné, mientras hacía los cálculos en mi cabeza. Sea como sea, acabaré consumiendo 500 calorías al día, y no hay manera de evitarlo. Así es, chica.

—¿Cuánto tiempo llevas en esto?

—Desde Navidad.

Nos pusimos a intercambiar historias, y mientras más hablábamos, más gracioso sonaba.

—Echaba la comida adentro del piano —contó Carrie—. Mis papás me llevaron al doctor a las tres semanas. Creo que notaron que el piano olía raro.

—¿Vomitabas?

—No. Lisa, la chica que se fue, sí lo hacía. Yo tomaba un laxante. En realidad no te hace perder peso...

—Pero seguramente te hace sentir vacía —dije con envidia y ella asintió—. Creo que no le caigo bien a Jessica.

—No, así es ella. Nunca habla de sus problemas.

En ese momento una ayudante de enfermera se acercó a la cama. Su broche decía: "Srta. Miller".

—Bueno, ya llegó el carrito de los jugos. Anden, muchachas. Carrie, a ti te quedan 800 cc. ¡Te falta mucho, cariño!

Nos levantamos y caminamos hacia el carrito, donde obedientemente Jessica se tomaba un vaso con jugo de manzana.

—Jugo de naranja —dijo Carrie con voz cansada.

—Yo tomaré un *Ginger-Ale.*

Prepárate para un poco de nada, Hiller. Me lo tomé rápidamente y miré hacia la ventana. Carrie acababa de vaciar la mitad de su jugo en el lavabo. Me di la vuelta y dejé mi vaso. Luego me fui a mi cama, me metí y hundí la cara en la funda áspera de la almohada.

Según las reglas teníamos que sentarnos frente a nuestras bandejas comiéramos o no. El lunes por la mañana Carrie, Jessica y yo estábamos sentadas en la mesa redonda del otro lado del pabellón, peleándonos con el desayuno. Carrie le daba vueltas a la comida con el tenedor y miraba su plato fijamente. Jessica le quitó con cuidado la mantequilla a su pan y se comió solamente la corteza. Luego, para gran sorpresa mía, se comió sus huevos revueltos. Yo miraba mis *Corn Flakes* cuando el doctor Gold entró al pabellón, seguido por una mujer alta con abrigo negro de piel, como uno que usaba Mamá cuando yo era muy chica. Caminaba con dignidad y resolución.

—Leslie, te presento a la doctora Wilcox —dijo el doctor Gold.

Me levanté y caminé hacia ella. Nos dimos la mano.

—Puedo ver antes a alguien más si es que todavía estás desayunando —me dijo.

—No, ya terminé —respondí irónicamente.

—¿Segura? —miró por encima de mi hombro la superficie de la mesa—. Bueno.

Fui con ella. Traté de correr para seguirle el paso. Volteó a verme y caminó más lentamente. Tomamos el elevador al séptimo piso, y me llevó a un cuarto pequeño con una mesa y dos sillas. Nos sentamos. Me sonrió brevemente y luego adoptó una expresión seria. Se reacomodó los anteojos.

—Bueno, ¿por qué no me cuentas primero cuándo empezó todo?

Estoy cada vez menos segura de cuándo fue, pensé, pero hice a un lado mis dudas y empecé por contarle de la gripe de Navidad. Cuando llegué al presente, me detuve, y luego dije:

—Pensaba que una vez que estuviera flaca, todo estaría...

—Perfecto.

—Sí —dije sorprendida—. ¿Cómo supo? —Nada más se me quedó viendo—. Y eso que pensaba que ya todo lo demás en mi vida era perfecto.

—¿Cómo qué, por ejemplo?

—Pues... Me llevaba bien con mi mamá...

Cómo le explico, me dije a mí misma. ¿Qué fue lo que decía Mamá en la carta que me escribió? Le recité la lista de buenas calificaciones, gracias, todas las cosas que hacían que el dictador gritara: ¡Niña consentida! ¿Qué derecho tienes de enfermarte y arruinar la Armonía Hiller?

—Pero esta dieta me dio una sensación de... poder.

—¿Poder sobre qué?

—¡Sobre mí misma!

—¿Sí? ¿Y sobre quién más?

Me le quedé viendo.

—¿Quién?

—Dímelo tú.

Levanté las manos.

—¿Cómo voy a saber? ¡Si supiera no me haría falta un psiquiatra!

—No te puedo dar las respuestas, Leslie. Mi trabajo es ayudarte a encontrarlas dentro de ti misma. Tú vienes y me dices a mí: "¡Cómo voy a saber!" Pero yo no puedo decirte lo que sientes. —Me miré los pies—. Evidentemente, tenías a Mami y a Papi encima dando saltos histéricos.

—¡Nunca quise herirlos! —Me miró con escepticismo—. ¡Nunca! ¡Quería estar flaca!

—Comer no es tu problema, Leslie. Nunca lo fue; nunca lo será. —Ahora fui yo quien la miró con escepticismo—. Te llenas la cabeza de todas esas ideas bobas sobre la comida para no tener que enfrentarte a tus verdaderos problemas, pero morirte de hambre no los aleja.

—Bueno —balbucí, sin saber qué decir—. Pero si sigo perdiendo…

—Te morirás.

Como la amiga de Cavett, pensé. Qué agradable.

—¿Qué tan flaca tienes que estar para darte cuenta de que el hambre nunca te hará feliz? ¡Mírate!

Sí, me miro todo el tiempo, todos los días, y odio lo que veo. ¿No se da cuenta de cuánto lo odio? ¿Qué es lo que empuja a una persona a hacer algo así? ¿Cuánto miedo había que tener? Supongamos que alguien le dice a usted:

"Si no se muere de hambre, matarán a su Mamá". Imagínese. No es que lo haga por eso, claro, pero nada más imagínese. Si come, ella se muere. Y si su mamá se muere, usted se muere. Yo me moriría. Comer = tacañería = egoísmo, y el egoísmo es peligroso. Leslie nunca pide nada. Si fuera egoísta, Mamá no me querría. Pero lo raro es que... mi mamá pretende ser muy abnegada, pero se las arregla para chuparme hasta la última gota; hasta que ya ni siquiera me siento como una persona. Hasta que ya no puedo distinguirme de ella.

Mamá, ¿acaso tienes miedo de que si eres abiertamente egoísta, y eliges vivir, perderás a la gente que quieres y que te quiere, como yo? ¿Igual que Margolee habría perdido a su mamá si hubiera escogido irse hacia la derecha?... Ya sé, ya sé cómo te sientes, porque yo también me siento así. Sé que mi hambre es en parte un egoísmo disfrazado. Me dijiste que Margolee no quiso que su mamá se enfrentara sola a la cámara de gases y que por eso se fue con ella. Pero ¿no te das cuenta de que esto es sólo parte de la verdad? ¿No te das cuenta de que Margolee necesitaba que su mamá siguiera pensando cuán maravillosa y abnegada era su hija, y que por eso está muerta?

Dígame, Wilcox, ¿podría usted llegar a entenderlo? Y si lo lograra, ¿tendría alguna importancia? Puede usted, o cualquiera, volver a la vida a Leslie Margolee Hiller, la majestuosa, tortuosa y loca Leslie, Leslie, Leslie, por favor, Leslie, te quiero tanto, pensé, mientras escuchaba una voz nueva en mi cabeza. No nueva realmente; sino tan vieja que sonaba nueva. Te quiero... Te quiero a ti. Oye, soy yo, Leslie, la que te está hablando, Leslie, en una espectacular aparición de invitada especial. La doctora Wilcox me ofreció un pañuelo, y yo lo tomé.

—¿Por qué lloras, Leslie? —dijo con suavidad.

—Porque me vi a mí misma. Hice lo que me pidieron, ¡lo cual siempre me mete en problemas! —respondí, y empecé a reír y a llorar al mismo tiempo.

—¿Y qué viste? —me quedé callada—. ¿Fue tan terrible?

—A medias —respondí, luego hice una pausa, sin dejar de lloriquear—. ¿Me puede ayudar? —Me dio otro pañuelo, y me reí otra vez—. Muchas gracias. ¿También cobra por los pañuelos?

—El doble por los perfumados.

Y entonces empecé a contarle.

Después de la primera semana me sentía como si hubiese estado ahí toda la vida. Wilcox venía en las mañanas, salvo los miércoles; Gold venía todos los días. Yo me pasaba las tardes en el salón de juegos en el séptimo piso. Había un taller de carpintería con una sierra eléctrica, barro, pinturas y todo lo que uno podía imaginar. Y una pequeña biblioteca, donde Carrie y yo nos sentábamos con frecuencia a platicar y a oír su radio. (Era de contrabando, habíamos convencido a la señorita Miller de que nos lo prestara.) Leíamos el Manual Merck en voz alta, seguras de que teníamos todas las enfermedades ahí descritas.

En las noches a veces veíamos el televisor, pero, por lo general, yo tocaba el piano y cantábamos. Puedo tocar de oído, no de maravilla pero bastante bien, y las otras chicas del piso empezaron a venir a oír y a cantar con nosotras. Eso me hizo sentir muy bien. Cantábamos de todo: canciones tradicionales, canciones de comedias musicales —hasta Jessica se rió la primera vez que toqué "¡Tengo mucho de nada y nada me falta!"—, comerciales de televisión.

"¿Qué quicres cuando quieres algo a fuerzas y tiene que ser dulce y tiene que ser mucho y tiene que ser ya?", cantábamos con voz chillona. En esos momentos yo misma me caía bien.

La señorita Miller me tuvo que cortar un trozo de pelo porque el idiota que me hizo el electroencefalograma me lo llenó de pegamento, y por más que me lo tallé y peiné no se me quitaba. Los exámenes gastrointestinales fueron los peores, supongo, aunque los de yodo, en que me inyectaron una tintura para radiografiarme los riñones, no se quedaron atrás. Era como legarle el cuerpo a la ciencia y seguir vivo para ver qué ocurría, pero a mí no me importaba. Ya no me sentía como un monstruo. Tengo una enfermedad legítima, y me están examinando. Y soy un poco más Leslie-iana. Sólo un poco.

—Oigan, ya llegó la nueva —anunció Carrie una mañana, asomándose al solario.

—Bromeas —dije al ponerme de pie—. ¿Qué tan mal está?

—¿Dónde? —gritó Jessica.

—Está en un cuarto del pasillo —dijo Carrie cuando entré al pabellón—. La van a cambiar aquí mañana.

—¿La viste? —pregunté

—No, Gold estaba ahí. Aunque ya se fue.

—¿Vamos a saludarla? —propuso Jessica.

—Sí, vamos —respondí—. Estuvo en el Psiquiátrico Sinaí.

—¿Cómo sabes? —preguntó Carrie mientras íbamos caminando las tres por el pasillo.

—Un pajarito —dije con una sonrisa.

Carrie se detuvo frente a una puerta entreabierta y señaló; las tres intercambiamos miradas. Por último, me asomé por la puerta y vi a una mujer corpulenta de pie junto a la cama, dándonos la espalda.

—Este... Hola, ¿es usted la señora Balser? —dije con timidez. La mujer giró rápidamente, con cara espantada. Le sonreí mientras pensaba: actúa normal, Hiller, ella está asustada.

—¿Sí? —respondió, como si no estuviera del todo segura.

—Hola, soy Leslie Hiller. Soy... Somos también pacientes del doctor Gold.

—¡Ah!, sí. Hola. Gusto en conocerte —dijo, y trató de sonreír.

—Hola, Nicole —le dije a la muchacha que estaba en la cama. Flaca, pensé, aunque no horrenda. Su cara es como la mía; no enjuta, nunca la tendrá enjuta. Tenía pelo corto, oscuro, con fleco, y los ojos vidriosos, como si no pudieran enfocar nada. Carrie y Jessica entraron y se quedaron junto a mí mientras se presentaban.

—Hola —dijo Nicole, completamente ofuscada.

—Mañana estarás con nosotras en el pabellón —le dije, tratando de sonar alegre.

—Sí, me dijo el doctor Gold —respondió casi en un susurro—. Lo siento, estoy muy cansada...

Miré a Jessica y luego a la señora Balser.

—Está cansada —repitió la señora Balser suavemente—. Ha estado tomando sedantes...

Claro, pensé. Como yo. Te llenan de drogas y fingen que es por tu bien, cuando lo que pasa en realidad es que no quieren escucharte.

—¿Stelazine? —murmuré.

—Torazine.

—No se preocupe, aquí no se usa nada de eso.

—Gracias —dijo con los ojos llenos de lágrimas.

—A veces hasta nos divertimos aquí —agregué, mirando con desesperación a Carrie y a Jessica.

—Bueno... —dijo la señora Balser con incredulidad. Me acerqué impulsivamente y le apreté los hombros—. Muchísimas gracias. Gracias por venir a saludar...

—Gracias —repitió Nicole—. Lo siento, no puedo...

—No importa, te veremos después.

—Todas se van a poner mejor —dijo la señora Balser, y asentí con un movimiento de cabeza en tanto seguía a Carrie y a Jessica fuera del cuarto. Sí, claro que sí. Un doctor mago nos tocará con su varita y, *paf,* estaremos curadas.

—Es rara —dijo Carrie mientras nos dirigíamos de regreso al pabellón.

—¿Cómo sabes? Está tan atontada por el Torazine que no hay manera de saberlo —respondí al tiempo que me montaba en un carrito de lavandería, lanzándome alocadamente por el pasillo. Apenas logré esquivar a la señorita Miller, que apartó del camino el carrito de jugos.

—¡Hiller! —gritó—. ¡Bájate del carrito!

—*Shhh* —dije, y me puse el dedo índice en los labios—. Éste es un hospital.

—Muy chistoso. Ya se te ha dicho que no andes de arriba abajo por los pasillos en el carrito. Ahora voy a tener que anotarlo en tu informe —me incliné en señal de disculpa. La señorita refunfuñó y revisó su carrito—. Y más vale también que empieces a beber. Te quedan todavía 600 cc, y si no te apuras...

—Me va a meter un tubo intravenoso en el brazo —terminé su frase—. Así podré subirme en el poste a los tubos intravenosos. No estaría mal, ¿eh?

—No estoy bromeando...

—¡Oh!, está bien, está bien. *Ginger-Ale.*

Ella llenó mi vaso y yo me dirigí a la sala.

—¡Ah!, no, tómatelo aquí —dijo Miller.

Me di la vuelta y me lo bebí de un jalón.

—¿Ya? —dije.

Gruñó.

—Bien, Carrie, te toca. ¿Qué quieres?

—No tengo sed —se quejó Carrie.

—Te lo advierto, Carrie...

—Coca —susurró Carrie.

Me fui al solario y me detuve frente a la ventana que daba al jardín del hospital. La primavera había llegado. Terminó el invierno y otra estación había venido a reemplazarlo; estoy comiendo un poco, lo suficiente para mantenerme en los treinta y dos kilos, y Wilcox dice cosas que tienen sentido. Pero el sentido no tiene nada que ver con esto, pensé. Nada que ver. Hubiera sido mejor que me dejaran morir, pues el infierno nunca desaparece, el dictador nunca afloja. Todo está bien y en paz mientras estamos aquí, y cuando comemos podemos echarle la culpa a Gold y a sus reglas. Pero, ¿alguna de nosotras está cambiando? Jessica está subiendo de peso. Quizá yo también. Algún día. Aunque volveré a bajar. Ya verá, Wilcox. Mi método sí funciona. De veras; lo malo es que no adelgacé lo suficiente. Quizá si llegara a pesar veintisiete kilos, quizá entonces estaría contenta. No me puede decir que no es cierto: no le creo.

Qué pensará Sammy de todo esto, me pregunté. Qué le habrán dicho. Probablemente creen que le pueden seguir diciendo: "A Leslie se le pasó la mano con su dieta", sólo porque tiene ocho años, pero sé que eso no funciona. ¿Por qué la gente cree que se puede mentir a los niños? Aunque quizá Sammy no vaya a ser como yo. Tal vez pregunte cosas que supuestamente no se deben preguntar. Y no como Leslie-mantén-la-paz Hiller, siempre dispuesta a seguir el juego.

A Mamá no le preguntes nada sobre sexo, se puede cohibir. No le digas que no me fascinó el regalo que me dio, se sentirá decepcionada. No le digas que estoy triste/furiosa porque no despidió a Hilda, "pues sabes que lo habría hecho, si hubieran tenido más dinero", dice el dictador. No le digas que no quiere que me quede a oír a Papá tocar el piano si es que ella está en casa; lo que quiere es interrumpir, así que me alejo de Papá, rechazando sus emotivas invitaciones. Mamá no acepta que rechaces una invitación. Te excluye si dices: "No, no voy a jugar. No te voy a rogar que por favor, por favor, a mí no me compres ropa cara y que luego presumas tu horrible ganga de tres dólares. Tampoco voy a rogarte que te tomes las pastillas que debes tomar y ya no prepares platillos para todas las fiestas del West Side, y después consolarte cuando llores porque estás tan cansada y todo el mundo espera tanto de ti. Tampoco te voy a decir que eres la mejor madre del mundo porque no existe tal cosa, no hay una taza de medir reglamentaria en tu cocina para poder verificar si te estás quedando atrás en el concurso de la Mejor Mamá" ...Mamá, también es mi culpa, porque te sigo el juego. Juntas formamos un estéreo, con sonidos diferentes en cada bocina, que se mezclan y tocan una misma melodía. Y no basta con apagarlo porque se supone que somos dos discos diferentes. ¿No quieres escuchar mis canciones? ¡Me da tanto miedo arriesgarme!

Shhh, Leslie... Mamá no sabe lo que te pasa, ninguno de ellos sabe. Mamá se está engañando a sí misma; no le importaría para nada que fueras anoréxica, ¡si sólo comieras un poco! Lo único que nos separa son veintidós kilos. Y es lo único que nos puede mantener juntas.

Una mañana de la siguiente semana estaba jugando solitario en mi cama.

—¡Oye, Gabi! ¿Cómo vas? —dijo Jessica de repente, saliendo de su cubículo. Me asomé y vi a una niña que entraba al pabellón con la señorita Miller. Miré la cama vacía; la etiqueta decía: "Gabriella Small, doctor White, 8 años".

—¡De maravilla! ¿Ya viste mi rana nueva? —dijo Gabi, y mostró una criatura grande de peluche verde.

—¡Uf!, pronto vas a tener la colección de ranas más grande del país —dijo Jessica.

—¿Del país? —respondió Gabi indignada—. Del mundo, querrás decir. ¿Verdad, señorita Miller?

Nunca en mi vida había visto unos ojos de un azul agua tan cristalino. Sus mejillas parecían manzanas rojas, su pelo corto y lacio era dorado como la miel. No podía dejar de verla. Resplandecía.

—Sí, Gabi —dijo la señorita Miller—. ¿Lista para desvestirte? ¿Necesitas ayuda?

—Claro que no —dijo, y empezó a desabrocharse la blusa. La señorita Miller cerró la cortina de su cubículo.

—Oye, Jessica —susurré—. ¿De dónde la conoces?

—Ya estuvo aquí antes —contestó Jessica, alejándose.

—¡Ah! —dije con irritación. Siempre hay que sacarle todo con tirabuzón—. Bueno ¿y para qué viene?

—Transfusiones de sangre.

—¡Ah! —repetí, y me di por vencida.

—Jessica, ¿Carrie sigue aquí? —gritó Gabi.

—Sí, regresa en un ratito —le respondió Jessica.

—¡Ah!, qué bueno —dijo Gabi, y me reí.

—Bien, Gabi, no te muevas —oí que le decía la señorita Miller, y luego oí un "¡auch! sonoro. Un minuto después apareció Gabi; empujaba su poste intravenoso.

—¿Puede ponerme a Henry en el poste? —pidió.

—¿Quién es Henry? —preguntó la señorita Miller con la mano en la cadera.

—Mi rana —dijo Gabi con impaciencia—. Traje un hilo para que lo amarre en la parte de abajo, ¿ve?

La señorita Miller obedeció.

—Bueno, ahora voy a ir por las bandejas —anunció—. Henry —balbució de buen humor.

Carrie llegó minutos después y al ver a Gabi se le iluminó la cara.

—¡Hola, Gabi!

—¡Hola! Te estaba esperando. ¿Adivina qué?

—¿Qué?

—Eddie va a venir a verme mañana —dijo Gabi con una sonrisa radiante—. Prometió que iba a enseñarme a jugar póquer, pero Mamá y Papá no deben enterarse.

—¿Quién es Eddie? —pregunté.

—Eddie es mi hermano, bueno, uno de mis hermanos; tengo tres en total, ¿ves? —explicó Gabi—. Sólo que uno de ellos está en la universidad, así que nunca me toca verlo salvo en Navidad y fiestas de ésas, y Día de Gracias…

—Gabi parlanchina —bromeó la señorita Miller, mientras empujaba su carrito de comida.

—¡Oh, *shhh*! —rió Gabi—. No es de buena educación interrumpir, señorita Miller. El caso es que Eddie tiene trece años y gana mucho dinero jugando póquer, sólo que nadie debe saberlo o lo obligarán a meter el dinero al banco para la universidad —dijo, poniendo los ojos en blanco—. Es lo que me obligan a hacer todo el tiempo, cada vez que tengo dinero, "lo-tienes-que-ahorrar-para-la-universidad" —hizo una mueca y luego sonrió malévolamente—. Pero si gano dinero en el póquer, ¡nadie lo sabrá!

De repente todas soltamos a reír, hasta Jessica y la señorita Miller.

—¿Quieres comer en la mesa con las chicas? —le preguntó la señorita Miller.

—Sí —dijo. Se dejó caer en la silla y golpeteo con la mano el asiento de la silla que estaba a su lado—. Carrie se va a sentar aquí.

Todas nos sentamos y empezamos a hacer las cosas raras que solíamos hacer con nuestra comida, pero Gabi no pareció darse cuenta; simplemente siguió hablando. Sorprendentemente, Carrie se puso a platicar en vez de mirar su plato con intensidad y mover la comida de un lado al otro.

—¿Qué tipo de carne es? —dijo Gabi, y levantó una hebra.

—Supuestamente bistec a la inglesa —dije, y moví la cabeza con compasión.

—¡*Ugh*! —Gabi dejó caer la carne y atacó su puré de papas con gusto—. ¿Saben qué comimos anoche? Pizza, *mmm*, estaba deliciosa… con peperoni —añadió, lamiéndose los labios.

Una niña entró al pabellón y se dirigió a nuestra mesa. Se veía como de siete u ocho años y tenía el pelo rubio y lacio, y los dientes salidos. Pateó un poquito la rana de Gabi y luego retrocedió ante la mirada furiosa de Gabi.

—Mañana me sacan las anginas, y voy a poder comer todo el helado que se me antoje —anunció frunciendo los labios.

—Bravo —murmuró Carrie, estirando el dedo gordo. Me reí.

—¿Y eso qué tiene de maravilloso? —dijo Gabi fríamente—. ¿A quién puede gustarle comer helado todo el tiempo?

—A ti, te apuesto —dijo la niña parpadeando—. Ja, ja.

Qué asco, pensé.

—¿Qué es eso? —dijo, señalando nuestras bandejas y arrugando la nariz—. Yo comí un sándwich de rosbif en el almuerzo.

—Conque sí, ¿eh? —dije.

—¿Por qué estás aquí? —le dijo la niña a Gabi, sin hacerme caso.

—Qué te importa —dijo Gabi.

—Yo sí te dije por qué estoy aquí; ahora dime tú —insistió. Miré a Jessica y pensé: por una vez en tu vida di algo.

—¡Ya te dije que no te importa! —repitió Gabi.

—¡Dime por qué estás aquí! —gritó la niña, y empezó a canturrear—: "¿Por qué estás aquí? ¿Por qué estás aquí? ¿Por qué, por qué, ay, por que estás aquííí?"

—Tiene… —empezó Jessica

—Tengo leucemia, ¿está bien?

Miré a Gabi con horror. Se volvió a concentrar en su puré de papas, como si simplemente hubiera dicho: "Son las doce y media".

—¿Qué es eso? —dijo la niña.

—Es una enfermedad de la sangre —respondió Gabi.

—Vete de aquí —dijo Jessica, mientras se ponía de pie abruptamente—. Regresa a tu cuarto.

—¿Por qué? —replicó la niña, aunque de todas maneras se fue replegando.

—Porque lo digo yo. Tú tienes tu propio cuarto. Éste es el nuestro. Y no queremos que estés en nuestro cuarto, así que regresa al tuyo.

—¿Quién dice que tengo que hacerlo? —replicó la niña con debilidad. Jessica avanzó hacia ella, y la niña salió corriendo.

—Qué alimaña —dijo Carrie, con lo cual rompió un silencio incómodo.

—Sí. ¿Viste cómo pateó a Henry? —dijo Gabi. Tomó un trago grande de leche y se limpió la boca—. Más le vale que no lo vuelva a hacer.

—No te preocupas, Gabi —dije como en un sueño—. Si te vuelve a molestar, grita.

Miré a Jessica inquisitivamente. Se negó a mirarme.

—Bueno, yo ya terminé —dijo Gabi poniéndose de pie—. Voy a preguntar a qué hora nos toca ir al salón de juegos.

Salió del pabellón empujando su poste intravenoso.

—¿Jessica? —le hablé con reticencia.

—¿Qué?

—Se ve tan sana —Jessica me miró con indiferencia—. ¿Sabe que tiene leucemia, pero está ahorrando para la universidad? —intenté de nuevo, desesperada por recibir una respuesta.

—Sí —susurró Jessica.

—Pero… pero, ¿qué no ve la tele, *Hospital,* o programas de doctores y cosas de ésas? —dije, sintiéndome ridícula—. ¿No sabe?

—Quizá sí sabe pero no lo dice —dijo Jessica. Nunca la había visto tan cerca de las lágrimas.

—Oye, Jess, estuvo muy bien la manera como te deshiciste de la niña —dije.

Sonrió casi con timidez y luego se puso de pie y se fue al solario. Carrie y yo nos quedamos solas ahí sentadas sin decir nada.

—¿Y dónde está Nicole? —dijo Carrie por fin.

—*Mm*, está en los exámenes gastrointestinales, creo.

—Guácala.

—Ya, fuera de broma —dije, y volvimos a quedarnos calladas. Cuando sentí que ya no iba a poder aguantar un minuto más de silencio, me acordé de algo. Me levanté de mi silla y me senté donde se había sentado Gabi—. ¿Adivina qué tengo? —dije. Miré por encima de su hombro con mucho cuidado para asegurarme de que nadie estuviera viendo.

—¿Qué? —dijo Carrie con curiosidad.

Metí la mano en la bolsa de mi bata y saqué cuatro cigarros a medio fumar.

—Wilcox nunca se los termina en mis sesiones —me reí—. ¿Tú crees que signifique algo?

Una gran sonrisa iluminó la cara de Carrie.

—No vas a creerlo —dijo. Hurgó en su bolsa y sacó dos colillas aplastadas, a las que les quedaban sólo una o dos fumadas. Las miré y me empecé a reír.

—La pregunta es: ¿quién de las dos está peor? —dijo, y empezamos a carcajearnos.

—¡Ay!, Dios mío, somos unas delincuentes —dije una vez que recuperé el aliento—. Delincuentes de hospital de bebés.

Sonreímos con complicidad.

—Esta noche abajo de las escaleras.

Asintió con un movimiento de cabeza.

—De acuerdo.

—¿Carrie?

—¿Qué?

—Es tan injusto —dije suavemente—. Es tan injusto que se vaya a morir Gabi.

—Lo sé —respondió, mientras levantaba un pedazo de carne y lo volvía a arrojar a su plato—. Lo sé. ❖

Capítulo 10

❖ A FINALES de abril llegó una muchacha nueva. Con todo el peso de sus treinta kilos, golpeó y gritó como una lunática. Hicieron falta tres enfermeras para controlarla.

—Oye, Nikki —dije al entrar corriendo a su cubículo.— ¿Quién demonios es? Gold no dijo que vendría una nueva paciente.

—Tiene un doctor diferente —dijo Nicole—. Los oí hablando anoche. Estaba en Psiquiatría antes, pero no sabían qué hacer con ella.

Salí tranquilamente del cubículo para ver la etiqueta de su cama. Decía: "Delilah Costello, doctor Denton, 14 años". Estaba sentada en la cama, y su mamá le acariciaba la mano mientras ella lloraba. La señora Costello volteó y me hizo cara de pocos amigos; salí disparada al cubículo de Nicole.

—Es una vergüenza —susurré.

—Lo sé, está bien loca, ¿no?

La llegada de Delilah acabó con cualquier esperanza de poder dormir ininterrumpidamente esa noche, lo cual de todas formas siempre costaba trabajo; a ella le daba por deambular por el hospital a medianoche, y eso hacía enojar terriblemente al personal del turno nocturno. Al principio se morían de miedo, seguros de que los meterían a la cárcel cuando alguien encontrara a Delilah muerta en una cloaca de Upper Broadway; pero el personal de seguridad que vigilaba hasta allá abajo en el río siempre lograba encontrarla en algún lugar del hospital.

Había por lo menos diez edificios distintos conectados entre sí por túneles subterráneos; el equipo Gold-Wilcox recorrió por lo menos la mitad de los túneles durante la semana de pruebas. A veces tardaban hasta dos horas para encontrar a Delilah que andaba perdida en Urología, o comprando y tirando comida de las máquinas tragamonedas, o trotando cerca de Oídos, Nariz y Garganta. Gracias a Delilah las enfermeras de noche empezaron a vigilarnos a todas; irrumpían en nuestros cubículos a mitad de la noche con una linterna. Delilah siempre regresaba llorando o rogando que le dieran una taza con hielos, que luego se ponía a masticar sentada en la oscuridad. Muy sonoramente.

—Me sorprende que nadie te moleste —comenté una mañana, ya bastante irritada—. La enfermera de noche de Urología tiene que darse cuenta de que no eres un viejito de ochenta años conectado a una sonda. —Aunque la verdad, pensé, no está muy lejos de eso.

Se encogió de hombros, dos huesos saltaron a la vista debajo de la camisa de su piyama y luego volvieron a acomodarse con un tronido.

—En Psiquiatría te ven raro cuando vas al baño. Aquí…

Se encogió de hombros nuevamente y siguió tomando su jugo de tomate. Me miró con una sonrisa presuntuosa. Los pacientes del doctor Gold tenían prohibido tomar jugo de tomate porque tiene pocas calorías, y él sabía que, si pudiéramos, no tomaríamos otra cosa.

—Oye. ¿Por qué lo haces?

—Porque sí —respondió, como si eso tuviera perfecto sentido.

Asentí con la cabeza y me fui a lavar.

Supongo que tiene tanto "sentido" como cualquier otra cosa, pensé.

—Esa Delilah está bien chiflada —le dije a Nicole mientras íbamos por las palanganas.

—Lo sé. Arruina nuestra imagen —respondió. Luego se rió y agitó su palangana en el aire—. ¡Demonios, ya me urge poder jalarle a un excusado!

Los domingos eran los días de visita, y supuestamente placenteros. Jessica y Carla y Nikki y yo nunca hablábamos de ello, pero todas sentíamos la tensión, y las noches de los domingos siempre nos traían una sensación de alivio. Mamá y Papá me platicaban trivialidades alegremente: qué traía puesto fulana en la cena de Pascua, quién se estaba divorciando en nuestro edificio, y que no me preocupara, en la escuela dijeron que podía ponerme al corriente durante el verano. Supuestamente nuestras escuelas debían mandarles las tareas a nuestros padres cada dos semanas para que las hiciéramos en el hospital, pero en realidad ninguna hizo gran cosa.

—Mamá, ¿qué dices cuando los Simons y otras personas hablan para que les cuide a sus niños? —pregunté un domingo en la tarde. Mamá había venido sola ese día porque no había nadie que se quedara con Sammy.

—Les digo que te fuiste a un internado —dijo bruscamente.

—¿A dónde?

—A un internado.

—¿Un internado? —grité—. ¿De repente, en pleno mes de marzo, me fui a un internado? ¿Estás bromeando?

Me miró fijamente y dijo en tono cortante:

—No, no estoy bromeando.

—¿Y a tus amigas? ¿Y a la familia?

—Les digo que se te pasó la mano con tu dieta, lo cual es cierto.

La miré con dureza.

—¿Por qué no les dices lo que tengo? ¿Te parece tan vergonzoso?

—No, no es vergonzoso, pero, según yo, entre menos gente lo sepa mejor.

—Tienes miedo de que piensen que es tu culpa, ¿verdad? —le dije con lentitud.

—Sí, es por eso. Ya que te empeñas en saberlo —contestó bruscamente—. Me hace parecer como una mamá mala. ¿Está bien?

—Nunca puedes darme ni siquiera un poco de crédito, ¿verdad? —reclamé.

—¿Qué? —respondió con sorpresa—. Claro que te doy crédito... —Se detuvo, y su expresión pasó al enojo—. ¿Crédito? ¿Quieres que te dé crédito por esto?

—¡Quiero que me lo des por algo!

—Voy por café —dijo abruptamente, mientras recogía su bolso.

Me quedé boquiabierta.

—¿No puedo ni siquiera discutir sin que te levantes y te vayas?

—No me estoy yendo. Sólo voy por café.

¿Ya ves lo que hiciste?, dijo el dictador. ¡Pero tengo razón, tengo razón! ¿Por qué ha de ser vergonzoso, Mamá, estar enferma e infeliz tratando de desembrollar mi cabeza turulata para poder reparar mi cuerpo descompuesto, brutalizado, sin tu ayuda?... ¡Sin tu ayuda!, gritó el dictador. ¡Niña mal-agradecida! Cerda codiciosa, ¿tienes alguna idea de lo que le está costando esta maldita cama en la que estás sentada? ¿Por no hablar del doctor Gold, la doctora Wilcox, la doctora Sussman, el doctor Lese, la doctora Jenkins, el doctor Chester... y la angustia? Por lo menos está ahorrando en las compras del mercado, pensé... ¡Oh!, Leslie, cállate, eres horrible. Sí, sí, soy horrible. Porque a pesar de sus locuras, de veras, de veras me quiere. ¿Quién sabe por qué es como es? ¿Hitler? ¿Su mamá? ¿Su papá? ¿Su maestra de primer año de primaria? ¿Los libros que ha leído, las películas que ha visto, las resbaladas con cáscaras de plátano, o quizá algo más con lo que sencillamente nació? ¿A nadie más le puedes dar crédito? Mamita, yo te doy crédito; ¿no me puedes dar un poco tú también? Eres mi mamá, pero no soy creación tuya... Cállate, Leslie. Leslie la gorda de 33 kilos, por cierto. Más vale no aflojar las riendas, estas riendas fuertes. ¿Qué no te das cuenta cuando la cosa está que arde? No te va a escuchar. No te va a dejar pelear. Y te quiere, Leslie, y desea lo mejor para ti. El problema es... el problema es...

Cuando regresó, media hora después, la miré con cautela.

—No es tu culpa que esté enferma —le dije—. ¿Sabes una cosa? Soy una persona, no un pedazo de barro que moldeaste mal.

—Quizá si hubiera estado en casa cuando eras pequeña —dijo, y empezó a llorar.

La rodeé con mi brazo.

—Pero no podías evitar tener que trabajar —la consolé—. Y además, yo me acuerdo de tu presencia y no recuerdo para nada la de Hilda. Lo que cuenta es la calidad, ¿no?

—¡Oh!, no lo sé —dijo, mientras sacaba un pañuelo desgarrado de su bolso—. ¡Ya no sé nada!

—Mamá, ¿importa realmente de quién es la "culpa"? O sea, de todas formas, ¿qué sentido tiene culpar a alguien?

—No estoy culpando a nadie, estoy… No sé —dijo otra vez.

Pues yo sí, pensé. Quieres que te diga que no tiene que ver con algo que hiciste, y te lo diré. Y aunque me hayas herido, no fue a propósito. Qué lío. ¿Cómo te enojas con alguien que tiene buenas intenciones? En esto no hay villanos; sólo yo soy cruel a propósito. ¿Le importo a Mamá? Ella dice que sí, pero no me conoce; piensa que soy como ella, y lo soy. Pero no lo soy. ¡Qué infierno! ¿Podría ponerse de pie la verdadera Leslie M. Hiller?

Esa noche toqué el piano y, en honor a Gabi, incluí *Happy Birthday* en el repertorio de siempre. Gaby había vuelto y cumplía nueve años. Uno nunca sabe… Recordé las palabras de Papá en un contexto nuevo y escalofriante. Uno nunca sabe, ¿o sí?

—Ahora pueden cambiar la etiqueta de mi cama —anunció alegremente—. Leslie, toca la del papalote —ordenó, y lo hice. Toqué unos valses de Schubert y un poco de música sincopada que a todo el mundo le encantaba, y después se llevaron a acostar a la mayoría de las chicas. Nicole y Carrie y yo nos quedamos un rato, hojeando ejemplares viejos de *Woman's Day*, mirando los anuncios de comida con deseo. Después empezamos a hablar de las enfermeras: quién era la más agradable, la más mala, la más bonita, la más estúpida.

—Ya sé —dijo Carrie cuando ya no supimos de quién hablar—. ¡Contemos cuentos de fantasmas!

—No me sé ninguno —dije.

—Está bien, yo sí —repuso.

—Espera, voy a preguntarle a Jessica si quiere. Quizá también se sepa algunos.

Sí se sabía algunos cuentos. Llegó al solario y apagó la luz. Nos sentamos en un círculo en el piso, y Carrie empezó:

"Había una vez un granjero, al que su único hijo de apenas seis años se le ahogó…"

—¿Qué es ese ruido? —pregunté, agarrándole la muñeca a Nicole. Escuchamos con mucha atención, y luego nos empezamos a reír.

—Es Delilah masticando hielo —dijo Nikki.

Carrie tomó aire y volvió a empezar.

"Bueno. Había un granjero…"

Pero Jessica se sabía los mejores cuentos porque había sido asistente en un campamento el verano anterior. Al final de un relato particularmente tenebroso oímos que crujía la puerta del solario. Carrie se quedó sin aliento, y todas lanzamos un grito al unísono y nos trabamos en un enredo de huesos. Jessica corrió a encender la luz; no había nada, sólo el viento que soplaba por la ventana entreabierta. Volvió a apagar la luz, y nos empezamos a reír como locas, sin percatarnos de cuando la señorita Lansing, la enfermera de noche, entró al cuarto.

—¿Qué demonios está pasando aquí? —gritó. Nos pusimos de pie inmediatamente, no sin soltar todavía algunas carcajadas—. ¡Es el colmo, hay gente enferma aquí!

Nicole retrocedió y yo vacilé como si me hubieran dado una bofetada. Carrie y Jessica bajaron la vista al piso.

—Quiero que todas se metan a la cama en este instante, y no quiero volver a verlas levantadas. ¿Entendido?

Jessica asintió, y la señorita Lansing se fue por el pasillo furiosa.

Nicole volteó a verme; sus ojos brillaban en la oscuridad.

—¿Por qué cree que estamos aquí? —gruñó, mientras dos lágrimas le resbalaban por las mejillas.

—Nos odian —le dije. Carrie azotó el pie contra el piso y Jessica se me quedó viendo, inexpresiva—. Piensan que somos una bola de consentidas. Qué derecho tenemos de ocupar una cama cuando hay chicas como Gabi.

Nicole se llevó las manos a la cara y lloró en silencio. Carrie y Jessica la miraban a ella y luego a mí, alternando la mirada incómodamente. Estiré el brazo y le toqué el hombro a Nicole con torpeza; dejé caer mi brazo y lo volví a estirar para tomar un pañuelo de la caja que estaba encima del piano. Se lo di.

—Gracias —dijo, y se sonó la nariz.

—Qué se vayan todos al diablo —masculló al cabo de un instante. Nos quedamos paradas en la oscuridad sin movernos y, cuando Nicole dejó de llorar, dije—:

—Anden, chicas, vámonos a la cama.

Hice tres marionetas en el salón de juegos. Corté unas piyamas del hospital para hacerles su ropa, y causaron sensación. Pronto todo el mundo quería hacer marionetas. La señorita Hills, quien se encargaba del salón de juegos, empezó a traer bolsas llenas de periódicos viejos para hacer *papier mâché*. Pescaron a Delilah robando galletas del cuarto de un niño del mismo piso mientras le estaban haciendo un drenaje de espina; las enfermeras registraron meticulosamente el cubículo de Delilah. Había guardado comida en los lugares más increíbles: había comida entre sus plantas; había dulces en su linterna en vez de pilas, entre los resortes de la cama. También empezó a jugar con nuestros orinales: los vaciaba por completo o vaciaba el contenido de todos en uno solo.

—¡Caray! —anunció un día la señorita Miller. —¡Hiller vació 200 cc de jugo de tomate!

Por lo menos hay que reconocer que con Delilah la vida era más interesante.

Las sesiones con Wilcox continuaron trabajosamente.

—Doctora Wilcox, de veras sí quiero a mi madre —dije una mañana, unas dos semanas después de nuestra pelea—. ¿Se puede querer y odiar a alguien al mismo tiempo?

—No en el mismo momento, pero puedes pelearte con alguien a quien quieres, Leslie.

—¡Pero cuando traté de hacerlo, ella se fue! —dije.

—Sí, ¿y? —dijo en tono casual mientras le daba una larga fumada a su cigarro—. Sigues aquí, ¿no?

—Bueno… —titubeé—. Pero solucioné el problema.

—Querida, te garantizo que de todas formas estarías aquí.

No, dijo el dictador. Está mintiendo. Está tratando de tomarte el pelo, de que te des por vencida.

—Perdí un kilo más —le dije.

—Y aumentó el precio del oro. Estábamos hablando de tu madre.

—¿El oro de Gold? —le pregunté en tono cínico—. ¿Qué quiere? ¿Que me sienta más culpable?

—Estás jugando, Leslie. ¿Así quieres pasarte el resto de tu vida?

¿Mi vida?, pensé. Eso sí que es chistoso, porque no es ni vida ni mía. No, no, Leslie, no es gracioso para nada. Podrás ser astuta y ágil, pero Wilcox tiene razón: estás huyendo.

—¿Cómo puedo tener una vida si no existo? —dije. No te preocupes, Leslie; Wilcox no sabe que Leslie-nunca-llora—. Doctora Wilcox, se lo juro, le juro que así se siente. ¿No me cree?

—Leslie —dijo casi con ternura—. Claro que creo que así te sientes; trato de imaginarme lo que puede ser. Pero hay una persona dentro de ti que se enojó con Mamá...

—Sí, y yo pagué el precio —dije agresiva—. Perdí un kilo.

La que hablaba no era yo, pensé. Era el dictador. El dictador-yo. ¿Yo? Me mordí el labio.

Sí, Wilcox; no soy estúpida. Quizá esté un poco loca, quizá —bueno, está bien, muy loca—, pero no soy estúpida. Veo las cadenas, de veras las veo; puedo seguirlas eslabón por eslabón, pero por alguna razón siempre acabo en el mismo lugar. En el baño vomitando o frente a mi bandeja de comida diciendo que no.

—¿Ve dónde acabo siempre? —dije.

—No tiene que ser así.

—Doctora Wilcox, ¡Yo no elegí enfermarme!

—No, conscientemente no, pero ahora te estás aferrando a tu enfermedad, ¿no crees?

—No quiero querer que sea así. Sin embargo, quiero. ¿No puede hacer algo para que no quiera querer que sea así? —pregunté desesperada. ¡Qué caos!

—Si de veras deseas curarte, lo puedes hacer —dijo.

¿Como volar? ¿Es así? Si lo deseo con todas mis ganas, si realmente lo deseo, ¿seré capaz de volar? Quiero volar muy lejos, a un mundo de ensueños, donde no me sienta avergonzada, donde esté bien comer cualquier cosa, y no sea algo humillante, algo sucio. Sería libre y bella, y no habría básculas ni espejos. Un mundo donde uno nunca tiene hambre, un mundo donde nadie juzga, un mundo donde no hay Mamá, un mundo donde yo soy yo siempre.

Segunda estrella a la derecha y en línea recta hasta la mañana: ¿Así se llega? ¡Oh, qué maravilla volar! ¡Pensar cosas maravillosas! Helado, dulces: no, no, Hiller, eso nunca funcionará, me amonesté con enojo fingido. Boberas, puras y simples boberas. Wilcox tiene razón: no es la comida; no puede serlo. Pero, ¿por qué en el momento en que como se esfuma toda esta lógica impecable?

—Leslie, ¿por qué no tratas de comer, sólo como un experimento? —dijo la doctora Wilcox.— Para que veas por ti misma cómo te vas a sentir mejor.

—De aquí arriba —dije, señalando mi cabeza.

—Simplemente te sentirás mejor. Confía en mí.

La miré con los ojos entrecerrados.

—Mira, siempre puedes regresar —extendió las manos con las palmas hacia arriba—. Ya sabes cómo hacerlo.

—¡Ay!, por favor, Miller —supliqué. Carrie y Nicole se agarraron de la mano y brincotearon como cachorros—. Por favor, no le diremos a nadie; por favor llévenos a dar un paseo corto por el jardín.

Aceptó. Jessica no estaba porque le habían dado un pase para salir por el día, y sus padres la habían recogido a las once con todo y canasta de día de campo. Ya pesaba 41 kilos: para su estatura está casi bien, por lo menos en apariencia, pensé. Era una hermosa mañana de mayo, y nuestro piso estaba relativamente tranquilo, como solía suceder los fines de semana. Nos metimos ordenadamente al elevador y bajamos al primer piso. Miller nos condujo por un pasillo; luego hacia la izquierda; luego por donde estaban las máquinas tragamonedas; luego a través de la capilla y por fin afuera, al sol.

—¡Uf! —exclamé casi con una sensación de mareo. Corrimos por el sendero. Miller nos siguió con dificultades, diciéndonos:

—¡Oigan, no se vale correr! ¡Regresen!

—¡Uf! —repetí. Nicole y Carrie tenían una sonrisa de oreja a oreja. Eché la cabeza hacia atrás. El cielo era de un azul zafiro deslumbrante. Nunca me había fijado en lo bello que era, por lo menos no como en ese momento. ¡Y había luna! De aquí a la luna y de regreso, Mamá, ¿me quieres de aquí a la luna y de regreso? ¿Sabes qué? En este preciso instante realmente no me importa.

Nos salimos del sendero, y me quité mis pantuflas.

—Oigan, chicas, anímense —dije, mientras Carrie se quitaba sus pantuflas rosadas de peluche. Nicole se retiró las suyas con cuidado y se inclinó para recogerlas. El pasto se sentía fresco y suave bajo mis pies; había dientes de león desperdigados y pequeñas florecitas en hilera se asomaban desde lo lejos.

—Te pareces a Julie Andrews en *La novicia rebelde* —le dije a Nicole, que había extendido los brazos como un águila y echado la cabeza hacia atrás como yo lo había hecho antes—. Bueno, la mitad de Julie Andrews —añadí.

—¿Qué bello, no? —dijo Carrie. Había gente recostada en el pasto, comiendo o simplemente hablando: enfermeras; algunos pacientes aquí y allá; hombres, probablemente internos, pero como no traían puestas sus batas blancas, era difícil saber.

—Bueno, niñas, ya es hora de regresar —anunció la señorita Miller.

—¿Ya? —nos quejamos, como niñitas que piden cinco-minutos-más antes de que las manden a acostar.

—No tientes al diablo, preciosa —me dijo—. Me cortarían la cabeza si supieran que las traje aquí.

Esa noche fui a hacer mi llamada telefónica de todos los días y empecé a marcar el número de mi casa. Me detuve a la mitad, me mordí una uña, y empujé la palanca hacia abajo para recuperar mi moneda. La metí de nuevo en la ranura y volví a marcar.

—¿Bueno? —contestó una voz.

—Bueno, ¿está Cavett?

—Espera. ¡Cavett! —gritó la voz, mientras dejaba caer el auricular—. ¡Es para ti!

Por fin llegó.

—¿Bueno?

—¿Cavett?

—¿Leslie?

—Sí.

—Leslie, oye, ¿dónde estás? ¿Estás en casa? —balbució.

—No, sigo aquí.

—¡Pensé que te tenían prohibido hablar por teléfono! Sí te lo tienen prohibido, ¿verdad?

—Oye —dije despreocupadamente—. Ya sabes cómo soy con las reglas. ¿No te da gusto?

—Claro que sí, ¿bromeas?

Hubo un silencio incómodo, y luego dijo:

—Oye, pues, este, ¿cómo estás?

—Estoy... *emm...* bien, supongo. Quiero decir, estoy bien. Supongo —me reí con desgano.

—¿Crees que pronto te dejarán ir a casa?

—No sé. Bueno, en realidad no he subido de peso —le respondí—. Pero supongo que tendré que hacerlo si quiero salir de aquí algún día.

—Sí —dijo—. ¡Ay!, Leslie, ¿adivina qué? Vi a Avram en un baile la semana pasada.

—¿De veras? ¿Ya creció?

—Creo que más bien se encogió —contestó riéndose.

—Entonces hacemos una pareja perfecta.

Leslie, a veces no estás tan mal. De veras, no lo estás.

—Oye, Les —dijo Cavett—. No quiero sonar como todo el mundo, pero... ¿no puedes comer aunque sea un poquito para que puedas salir de ahí? O sea, no me importa qué aspecto tienes ni nada por el estilo, pero... ¿no puedes curarte lo suficiente para regresar a casa?

—Quizá —dije con vacilación. Después de todo, siempre puedo regresar a lo mismo, como dijo Wilcox: sé cómo hacerlo.

—¿Crees que saldrás para mediados de junio?

—No sé; quizá.

—Mi papá va a hacer una película en Los Ángeles, y nos vamos con él durante un mes —dijo—. Pero no nos vamos sino hasta el 20 de junio. ¡Ah!, oye, te quiero preguntar algo —hizo una pausa significativa—. Mi pelo ya casi me llega a los hombros. ¿Me lo corto o lo dejo crecer?

Me empecé a reír; una risa sabrosa y feliz.

—¿Leslie? —dijo en tono asustado.

—Déjatelo largo —dije, y me enjugué las lágrimas de los ojos—. Siempre te lo puedes cortar, ¿no?

—Sí. De todas maneras voy a esperar hasta que me puedas ver. ¡Demonios! —dijo casi como si estuviera hablando sola—. Hazme el favor, ¿por qué te habría de importar si me corto el pelo o no? Estás en un hospital y...

—Pero, Cavett, sí me importa —dije—. Siempre me ha importado. Trato de que las cosas no me importen, pero no puedo evitarlo.

Se quedó callada. Miré por la puerta de vidrio y vi a Delilah caminando de un lado a otro como un tigre enjaulado. Estaba haciendo ejercicio para eliminar el jugo de tomate mientras esperaba el teléfono.

—Ya me tengo que ir. Alguien más quiere usar el teléfono —dije.

—Bueno. Oye, gracias por hablar. Te he extrañado mucho.

—Yo también te he extrañado.

Era una mentira blanca; no había pensado demasiado en ella desde mi entrada al hospital. Pero me di cuenta de que si hubiera pensado en ella la habría extrañado.

—Quizá te vea antes de que te vayas.

—Bueno, Leslie. Oye, sólo dime una cosa: ¿te están ayudando?

—Están tratando —dije finalmente.

—Bueno... algo es algo.

—Sí. Entonces ya nos veremos, ¿sí?

—Sí, claro, ya nos veremos, ¿sí?

—Sí, claro. Adiós, Les.

Clic.

Nikki solía decirme que no podía entender por qué yo era anoréxica; al fin y al cabo yo era talentosa, mientras ella "no podía hacer nada". Traducción del ano-cérdico-latín: yo era una persona valiosa y ella no. Yo sabía que eso no tenía nada que ver; traté de explicárselo, pero no creo que me haya escuchado realmente. Supongo que todas teníamos el don de no escuchar. Nadie nos escuchaba a nosotras, pero nosotras nos comíamos las palabras del resto del mundo hasta que teníamos tanto ruido adentro que ya no podíamos oír nada.

Para empezar, le decía a Nikki, no sabía para quién hacía las cosas, para mí o para Mamá. Para Papá también, pero sobre todo para Mamá. Aun si empezaba a hacer algo porque yo quería, a mi mamá esto le gustaba tanto que en cierta forma yo perdía la pista de eso que quería. Como un tren eléctrico, que cambia de una vía a otra. Para cuando me daba cuenta mi vía ya estaba vacía. "Pero, ¿qué tal si odiaran todo lo que hicieras? Eso tampoco te gustaría", me decía Nikki. Entendía lo que quería decir, pero creo que para mí hubiera sido más fácil. Es por el contraste. No sé por qué a mí eso me hace más falta que a otras personas, por qué soy como soy: ¿Mamá? ¿Papá? ¿Mi maestra de segundo año? Liza, Roger, los libros que he leído, las películas que he visto, las numerosas cáscaras de plátano; quizá simplemente algo que traigo de nacimiento. Hagan lo que hagan los padres nunca ganan.

Y otra cosa, le decía yo a Nikki,: si la gente comiera según la cantidad de talento que piensa que tiene, no podrías conseguir requesón a cambio de amor o dinero. Es decir, ¿quién no es inseguro de una u otra manera? No te cuidas porque tienes talento o por cualquier cosa. Lo haces... lo haces porque sí. Como Delilah; sólo que ella lo tiene todo hecho bolas, como el resto de nosotras.

Wilcox solía decir: "Quieres que te cuiden", y tenía razón. Pero al mismo tiempo no quiero. Quiero ser un esqueleto, pero también quiero ser atractiva. Quiero morirme, pero también quiero vivir. No merezco sentirme bien, pero, ¡ah, lo deseo tanto! ¿Ser tacaño es divertido, Mamá? ¿A poco no es injusto? Pero también cruel, ¿verdad, Mamá? Cruel con uno mismo, y cruel con toda la gente que a uno lo rodea y cuya culpa uno ingiere como dulces. Te apuesto a que no te hace feliz ser así. No más feliz que a mí. Quizá también pienses que eres la villana de la película. No sé. Quizá algún día te pondrás a jugar y no jugaré contigo. Te quiero, Mamá. Y me quieres. Pero no es tan sencillo.

T.S. Eliot dijo: "No puedes encararlo con firmeza, pero hay algo seguro, que el tiempo no cura nada: el paciente ya no está aquí." Bueno, yo sigo aquí, al menos por un tiempo, pero él tenía razón. Quizá cuando la gente habla de cómo el tiempo cura las heridas, a lo que se refiere en realidad es a la distancia. Y el tiempo no siempre da eso.

Quizá les he contado cosas y no me he escuchado a mí misma; quizá si vuelvo a escuchar oiré algo diferente. No algo racional, pues eso nunca ayuda: algo en mi corazón, que me diga quién es realmente el dictador y me libere.

He soñado con ir a tantos lugares, a lugares reales, quiero decir; y me gustaría aprender a tocar yo misma esa mazurca para ver si también la puedo hacer bailar. Me gustaría leer ese poema de Emily Dickinson y poder oír lo que oyó Cavett. Me gustaría conocer a Avram en el cuerpo de Roger, y me gustaría probar la langosta. ¿Pueden creer que nunca, nunca, he probado la langosta?

Antes quería entender todo sobre mí, como una ecuación matemática, pero probablemente odiaría poder reducirme a ese grado; así como odiaría que me calificaran por hacerlo. Veamos: Leslie + Margolee + Hiller = ?... Bueno, lo que cuenta no es ganar sino la manera en que uno no le entra al juego, ¿verdad? Creo que por ahora me daría un 7.5. Y si en este segundo alguien me preguntara hacía donde me iría, si hacia la derecha o hacia la izquierda, diría hacia la derecha. Hasta llegar a la mañana. ❖

Índice

Encantacornio
de Berlie Doherty
ilustraciones de Luis Fernando Enríquez

Y de pronto el mundo se iluminó para Laura. Vio el cielo
lleno de estrellas. Vio a la criatura, con el pelo blanco
plateado y un cuerno nácar entre sus ojos azul cielo. Y vio
a los peludos hombres bestia que sonreían desde las
sombras.

—¡Móntalo! —le dijo la anciana mujer bestia a Laura—.
Encantacornio te necesita, Genteniña.

El unicornio saltó la barda del jardín con la anciana y con
Laura sobre el lomo. La colina quedó serena y dormida:
Laura, los salvajes y el unicornio se habían ido.

*Berlie Doherty es una autora inglesa muy reconocida. En la
actualidad reside en Sheffield, Inglaterra.*

Una sarta de mentiras
de Geraldine Macaughrean
ilustraciones de Antonio Helguera

—Mamá, lee esto —dijo Ailsa extendiéndole el libro
abierto; luego comenzó a caminar por la tienda, al ritmo de
los latidos de su corazón. No podía ser. Él existía. Lo había
tocado. Tenía que existir. La vida de otras personas había
cambiado a causa de él. Hizo un esfuerzo para recordar los
diferentes clientes a quienes Era C. había atendido. ¿Dónde
estarían? ¿A dónde se habrían ido? ¿A quién acudir y
pedirle prueba de su existencia?

*Geraldine Macaughrean es una autora inglesa muy reconocida; en
1987 recibió el Premio Whitbread en Novela para niños. En la actualidad
reside en Inglaterra.*

para los grandes lectores

Una vida de película
de José Antonio del Cañizo
ilustraciones de Damián Ortega

El Jefe del Cielo al fin se decidió a hablar:
—Tomad a cualquier hombre del montón y, ¡sacaos de la manga una vida emocionante y llena de acontecimientos!
Sir Alfred Hitchcock dijo:
—Un caballero inglés siempre acepta un desafío. Me comprometo a transformar la vida del más mediocre y aburrido de los hombres que pueblan la tierra en toda una aventura… ¡UNA VIDA DE PELÍCULA! ¿Queréis participar en la aventura, compañeros? —**añadió dirigiéndose a John Huston y a Luis Buñuel.**

José Antonio del Cañizo vive en Málaga, España. En sus obras combina la corriente realista con el estilo y los recursos de la literatura fantástica: "fantasía comprometida", dice él. Ha obtenido varios premios importantes y sus obras figuran en algunos de los principales catálogos internacionales de literatura infantil y juvenil.

Una vida de película ganó el primer premio del I Concurso literario A la Orilla del Viento.

Cuento negro para una negra noche
de Clayton Bess
ilustraciones de Manuel Ahumada

Este pequeño quiere saber cómo es el mal. Les voy a contar todo acerca del mal. Y también les voy a contar del bien. Es cosa del corazón. Es la gente y lo que la gente hace. Les voy a contar la historia de Maima Kiawú. Llegó en su negra noche, negra como ésta y trajó su mal a nuestra casa. Yo entonces era un niño y las cosas eran diferentes. Kataka era una aldea pequeñita y esta misma casa estaba rodeada de selva, porque el pueblo no había llegado hasta acá a juntarse con nosotros...

Clayton Bess nació en Estados Unidos; vivió en Liberia, en el África Occidental durante tres años; actualmente radica en el sur de California.

para los grandes lectores

La guerra del Covent Garden
de Chris Kelly
ilustraciones de Antonio Helguera

Algo extraño se percibe en el ambiente. Un olor amargo y
siniestro. Un olor que presagia el cierre del mercado.
Por años las ratas del Jardín se han alimentado con las
sobras del mercado. Si el mercado cierra para siempre, la
Familia morirá de inanición.
Zim debe de descubrir la verdad.

*Chris Kelly es un prestigiado autor inglés. En la actualidad vive en
Inglaterra.*

Este libro se terminó de imprimir y encuadernar en el mes de marzo de 2000 en Impresora y Encuadernadora Progreso, S. A. de C. V. (IEPSA), Calz. de San Lorenzo, 244; 09830 México, D. F. Se tiraron 5 000 ejemplares.